Johann Christoph von Zabuesnig

Lucy Hopeless oder der Quäker aus Amerika

Trauerspiel oder Lustspiel in fünf Aufzügen

Johann Christoph von Zabuesnig

Lucy Hopeless oder der Quäker aus Amerika
Trauerspiel oder Lustspiel in fünf Aufzügen

ISBN/EAN: 9783744634120

Hergestellt in Europa, USA, Kanada, Australien, Japan

Cover: Foto ©Andreas Hilbeck / pixelio.de

Weitere Bücher finden Sie auf **www.hansebooks.com**

Lucy Hopeleß,

oder

der Quäker aus Amerika:

Trauerspiel,

oder

Lustspiel;

in

fünf Aufzügen:

von

Johann Christoph von Zabuesnig.

— Convivæ prope diffentire videntur,
Poscentes vario multum diversa palato;
Quid dem? quid non dem? —
Horat. Ep. 2. l. 2. v. 61.

Augsburg,
bey dem Verfasser.

---

1 7 8 3.

Vorbericht.

Vor zwey Jahren ohngefähr hatte ich dieses Stück, als Trauerspiel, von einer sehr mittelmäßigen Schauspielergesellschaft hier aufführen lassen. Süße Herrchen und schüchterne Frauenzimmer wollten sich über den tragischen Ausgang formalisiren, weil geschossen werden mußte; und schon unter der ersten Vorstellung schickte man in meine Loge, ob ich nicht erlaubte, daß blind ohne Pulver geschossen würde. Ich ärgerte mich über die Zumuthung, und erlaubte es nicht. Bey der zweyten Vorstellung versagten beyde Pistolen ohne meine Erlaubniß: ich ärgerte mich wieder; nahm aber mein Manuscript zurück, und ließ es seither in meinem Pulte ruhen. Bey Gelegenheit meiner Elsbeth oder des Frauenraubs, die man kürzlich mit vielem Beyfall aufnahm, suchte ich das Stück wieder hervor, und fiel auf den Gedanken, mit einem einzigen gewagten Striche der weinenden Trauermuse die fröliche Gestalt der Thalie zu geben. Nun will ich das doppelte Bildniß vors Publikum aushängen, und das Urtheil erwarten, ob eins oder keines von beyden des Anschauens werth sey.

Per

Personen.

Lucy Hopeleß, eine Wittwe in der Trauer.

Manlove, ein Quäker aus Amerika.

Sir Guthart. (Goodheart)

Lädy Guthart, seine Frau.

Lädy Distrust.

Herisson, ein Franzose.

Robert, ein Gastwirth.

Betty, ein Kammermägdchen.

Jámes, ein alter Bedienter.

Ein anderer stummer Bedienter.

(Die Handlung geht in London vor.)

Erster Aufzug.
I. Auftritt.

(Ein Gartensaal. Guthart sitzt mit geschlungnen Armen und gesenktem Kopfe an einem Seitentischgen. Jämes bringt in der Hand einige Tobackpfeifen und ein Licht heraus, setzt alles auf das Tischgen neben seinem Herrn hin, bleibt dann in einiger Entfernung stehen, und betrachtet ihn mitleidig. Guthart blickt auf, und sieht den Bedienten.)

Sir Guthart, Jämes.

Sir Guthart.

Was stehst du noch hier?

Jämes.

Ob Sie weiter was zu befehlen haben?

Sir Guthart.

Geh! (Läßt den Kopf sinken.) Laß mich allein.

Jàmes.

Ich gehe. - - Aber - guter Herr! wenn ich ich Sie nur nicht so traurig, so niedergeschlagen verlaſſen müßte! Mich kümmerts in der Seele, daß ich Sie leiden ſehe. Sie, die all das Ihrige thun, Jederman glücklich um Sie zu machen, ſind ſelber nicht glücklich: und wer verdiente beſſer es zu ſeyn!

Sir Guthart.

O mit deinem unzeitigen Mitleid! Iſt mir auch darmit zu helfen?

Jàmes.

Wollt' ich, es wäre! Weis Gott, wenn's bey mir ſtünde! - - - Aber warum bin ich auch ein ſo elender, untauglicher Kerl, der Niemand was nützen mag! Will ich ſo froh ſeyn, wenn ich bald aus dieſer lumpichten Welt bin, wo man das Böſe nicht hindern, und das Gute nicht thun kann. - - Da denk' ich oft bey mir ſelber: Wenn ich itzt machen könnte, daß dieß ſo, und das anders wäre! Einem gäb' ich, was er ſich wünſchet; dem andern nähm' ich die Laſt, die ihn drückt: und ſo müßten alle vergnügt ſeyn. Wäre das nicht ein himmliſches Leben? Aber . . .

Sir Guthart.

Martre mich nicht mit deinem Gewäſche. Wüßt ich nicht auch, was gut und was beſſer iſt? Hilft es zu wiſſen, wenn man es ſchlecht laſſen muß?

muß? – – Mein! haſt du heute verſchworen, mich in der Seele zu kränken? Geh, unerträglicher Plauderer, geh! du biſt mir zur Laſt.

Jâmes. (Beweglich.)

Hab ich's doch immer gedacht, ich werde mein áltes kümmerlichs Leben ſo lange noch fortſchleppen müſſen, bis ich Ihnen zur Laſt würde. – – Verzeihen Sie mir: ſeit einiger Zeit ſeh ich einen ſtillen fürchterlichen Kummer auf Ihrem Geſichte; und weis die Urſache nicht; brauche ſie auch nicht zu wiſſen. Das weis ich gewiß, daß Sie zu beklagen ſind. – Aber bin ich nicht mehr zu beklagen? – Mit einem redlichen, gutwilligen Herzen, das für Sie bluten möchte, weiters nichts, als zur Laſt werden können! Das kränket. – Ich fühl' es, daß ichs nicht lange mehr ſeyn kann. – Ich bitte, ſagen Sie nur noch einmal, daß ich Ihnen zur Laſt bin, und es drückt mir das Herz ab.

Sir Guthart.
(Steht auf, und nimmt ihn bey der Hand.)

Guter, empfindlicher Alter! kränken wollt' ich dich nicht. Verzeih mir den härtern Ausdruck: er war ſo nicht gemeynt, wie du ihn aufnimmſt. Itzt, da mein krankes, ſtürmiſches Herz ſelbſt nicht weis, was es wünſchet; da es bloß in der Einſamkeit Ruhe ſucht; greifen mir deine mitleidigen Reden nur in die Wunde, und heilen ſie nicht. – Wären doch alle Herzen ſo gut als dei-

nes!

nes! Aber, ein einziges, Jàmes, ein einziges, das nicht gut ist, kann aus einem Paradiese die Hölle machen. – – Willst du mich wohl itzt allein lassen?

Jàmes.

Ob ich es will? Wahrhaftig, Sie können mich ganz zum Kinde reden. Ich muß weinen, wenn Sie mich schmälen; und ich weine, wenn Sie mir gütlich thun. Gehn soll ich also? Nun ja! ins Feuer, wenn Sie wollen. (Er will gehen.)

Sir Guthart. (ruft ihm nach)

Jàmes!

Jàmes. (kömmt zurück.)

Sir!

Sir Guthart.

Schläft noch alles im Hause?

Jàmes.

Die gnädige Frau war schon wach, als ich über die Treppe kam. Ich habe sie zweymal klingeln gehört. (vor sich.) Arme Betty! mit dir möcht' ich nicht theilen, wenn sie noch einmal geklingelt hat. Gott verzeih' mirs, wenn ich betteln müßte, so könnt' ich im Dienste dieses Satans nicht seyn.

Sir Guthart.

Was sagst du?

Jà-

Jämes.

Ich sagte da mit mir selber - - je nun - - daß es nicht allemal gut ist, den besten Herrn zu haben: man wird so verwöhnt, daß man sich ordentlich in andere nicht mehr schicken kann.

Sir Guthart.

Hast du Manloven nicht gesehen.

Jämes.

Nein; aber er wird ißt wohl am Fenster stehen, und bethen: das ist seine Stunde.

Sir Guthart.

Sieh, daß du ihn antriffst, und bitt ihn zu mir. Wir wollen diesen Morgen den Thee hier nehmen. Bring ihn herunter, so bald das Wasser gekocht hat.

Jämes.

Das soll geschehen. Ein Glück, daß Sie Manloven um sich haben mögen. Der wackere Mann wird vieleicht Ihren Kummer erleichtern, oder mit Ihnen theilen.

II. Auftritt.
Sir Guthart allein.
(Indem er eine Pfeife anzündet.)

Wie mir ordentlich wohl wird, wenn ich so gute Gemüther um mich habe! Da kenn' ich ganz die Würde des Menschen in mir. Wären alle

A 3 gut;

gut; das wäre kein irdisches Leben: es wäre der
Himmel. Aber so giebts immer noch Wechsel
genug, um fühlen zu machen, daß hier nicht der
Himmel ist. — — Ein Herz, zu keiner sanften Empfindung gestimmt, ist ein Unglück für sich und
für andere: gar zu empfindsam ist ein noch größeres Unglück für sich. Stehts aber bey uns zu
nehmen, oder zu geben? — — Schöpfer! du hast
mich viel empfindsam gemacht; ich danke dirs,
wenns auch wirklich zu viel wäre.

III. Auftritt.

Sir Guthart. Betty. (mit einem Korbe.)

Sir Guthart.

Guten Morgen, Betty! Du bist schon ge-
schäfftig?

Betty. (macht einen Bückling.)

Ihre Dienerinn, Sir! Ich hätte Sie so
früh nicht im Garten vermuthet.

Sir Guthart.

Ist deine Frau schon aufgestanden? Wie hat
sie geschlafen?

Betty.

Aufgestanden, das ist sie: aber ich zweifle sehr,
ob sie gut geschlafen habe. Sie dünkt mich ganz
verdrießlich.

Sir

Sir Guthart.

Und wann ist sie das nicht? Es ist nun ein=
mal so ihre Art. Böse wird sie es darum nicht
meynen. Habe Geduld, gutes Mägdchen? muß
ich wohl auch.

Betty.

Je freylich, Sir! ein armes Dienstkind,
wie ich bin, muß sich in der Welt viel gefallen las=
sen. Man wirds endlich auch so gewohnt, daß
man die Scheltworte nicht viel achtet, wenn man
sie täglich hört, und wenn man sie nicht verdienet.
Aber nehmen Sie mirs doch nicht übel; ich muß
es schon vollends sagen: wenn Sie auf mich schmäl=
ten, ich glaube, daß ich mich zu Tod weinen könn=
te; denn da müßt ich es gewiß verdienet haben.

Sir Guthart.

Sey nur besorgt, daß du es nie verdienest. -
Was machst du da mit dem Korbe?

Betty.

Es ist Kaffeezeug darinnen. Die gnädige
Frau will ihn hier im Garten trinken. Sie er=
wartet Besuch von Lady Distrust, und ihrem ge=
wöhnlichen Begleiter.

Sir Guthart.

O der leidigen Gesellschaft! Eine Lästerzunge
und ein Gecke!

Bet=

Betty.

Wo befehlen Sie, daß ich die Schalen auslege?

Sir Guthart.

Mache nur den großen Tisch da zurechte. Ich will ihnen ausweichen. (Er will fortgehen.)

Betty.

Die Gäste werden so bald noch nicht kommen.

Sir Guthart. (Setzet sich wieder.)

Gut, so kann ich indessen meine Pfeife hier ausrauchen. (Betty richtet den Kaffeezeug auf den Tisch) - Bist du lang nicht bey deiner Mutter gewesen?

Betty.

Gestern des Morgens.

Sir Guthart.

Was macht sie, die gute Alte?

Betty. (mit einem Bückling.)

Habe Dank für die gütige Nachfrage. Gott Lob, sie kann schon manchmal eine Stunde vom Bette seyn. - - Der Himmel wirds Ihnen tausendfältig vergelten, beßter Sir! Ich darf es wohl sagen, Sie haben mir meine Mutter erhalten. Kränklich und hülflos wäre sie ohne Ihren Beystand längst verschmachtet: denn was hätt' ich für sie thun können? hab ich ja selber alles von

Ih-

Ihnen. - - Und daß Sie Sich gewürdiget haben, sie in ihrer elenden Wohnung selbst zu besuchen; das allein hat sie gesund gemacht. Von derselben Stunde wards besser mit ihr. - - Sie sollten auch die Freude sehen, die sie noch daran hat, wenn sie mirs erzählt, daß Sie vor ihrem Bette gestanden sind; daß Sie so gut, so herablassend mit ihr gesprochen. O die gute Mutter! Mein Lebtag will ich Ihnen verdanken, daß Sie mir eine Mutter geschenkt haben.

Sir Guthart.

Nun, da sehe man nur, daß man bloß Mensch zu seyn brauchet, um oft das Glück einer ganzen Familie zu machen: und wie sich das reichlich belohnet! - Mägdchen! du hast mich stolz gemacht; und ich weis doch, daß so etwas nicht so viel verdienet. (Er greift in den Sack.) Da, bring dieses deiner wackern Mutter. Sie soll ihr was damit zu Gute thun, damit die Kräfte wieder ansetzen. Bald will ich sie wieder besuchen. Alten Leuten thuts wohl, wenn man nach ihnen was fragt: ich weis es. - Sag ihrs: ich will sie besuchen.

Betty.

Mein bester Vater! - Ja; sonst hab ich ja keinen; den meinigen verlor ich in der Wiege. Sie sinds nun an mir geworden. - O daß ich nur wüßte, wie ich Ihnen genug danken soll! (Sie küßt ihm mit aller Zärtlichkeit die Hand.)

Sir

Sir Guthart.

Gutherziges Kind!

IV. Auftritt.

Die Vorigen. Lady Guthart (fährt heraus.)

Lady Guthart.

Hab' ich euch endlich ertappet? (Zu Betty, die sie beym Arme herumdreht.) Du schändlicher Nickel! (zu Guthart.) Und du! – wie soll ich dich nennen? für dich giebt es kein Wort. Aber beyde sollt ihr es fühlen, was eines Weibes Ra=che vermag, die sich so sehr beleidiget weis.

Sir Guthart.

Frau! was wandelt dich an? Wer hat dich beleidigt? Bist du bey Sinnen?

Lady Guthart.

Kein Wunder, wenn ich's nicht wäre. Un=verschämter mit deiner heuchlerischen Gelassenheit! Stelle dich an, als ob es nichts wäre. Ja, läugne, was ich gesehen, was ich noch könnte gesehen haben, wenn ich zu deiner Schande län=ger verweilt hätte. (Zu Betty affectirt.) Gut=herziges Kind! geh, fang das Spiel wieder an; küss ihm die Hand: thu noch einmal so vertrau=lich, so zärtlich; er hat schon vergessen, was du ihm sagtest. – – Was stehst du betroffen, Kroko=dil, mit deinen bußfertigen Zähren nach begange=ner That?

Betty.

Betty.

Gütiger Himmel, du weißt, wie unschuldig ich bin! - - Gnädige Frau! Sie sehen mich zu Ihren Füßen. Alles, alles will ich von Ihnen ertragen; aber dieser entehrende, falsche Verdacht, den Sie auf meine Tugend werfen, drückt mich zu Boden. Hab' ich dann etwas gethan, das ich in ihrer Gegenwart nicht hätte thun dörfen? - Wahr ists: ich küßte dem Herrn Guthart die Hand; und womit hätt' ich sonst meinen lebhaften Dank für so viele Wohlthaten ausdrücken können?

Lady Guthart.

Schweig, niederträchtiges Ding! vermehre nicht dein Verbrechen durch Kunstgriffe, die mich nicht täuschen. Hier ist auch der Ort, die Stunde, für Wohlthaten zu danken! Je freylich, was es eben für saubere Wohlthaten sind! Pfui des garstigen Mannes, der jungen leichtfertigen Mägdchen im Garten heimliche Wohlthaten erweist!

Sir Guthart

Einmal, du treibst es zu weit. Die ganze Sache ist unschuldig. Die Wohlthat war nicht für sie. Zeig, Mägdchen, was ich dir gab. Schande genug für dich, mistrauisches Weib, daß ich mich zu vertheidigen brauche, wenn ich ihrer dürftigen Mutter Hülfe reichen will.

Lady Guthart.

Ha, so ist die Mutter mit im Verständniß!

Ja,

Ja, ja: man muß oft Mütter bestechen, um an die
Tochter zu kommen. Aber die höllische Brut soll
mirs entgelten. Mutter und Tochter sollen es
büßen.

Sir Guthart.

Was muß das für ein teuflisches Herz seyn,
das aus jeder gleichgültigen Handlung Böses
herausziehen kann! Muß ich dir noch einmal sagen: das Mägdchen ist rein, wie ein unmündi-
ges Kind. Von mir will ich nicht reden. Aer-
gre nicht ihre unbefleckte Tugend durch Vorwürfe,
welche dem Laster gebühren. – – Aber was hilfts
von Tugend mit dir zu sprechen? du kennest sie
nicht.

Lády Guthart.

Ich kenne die Tugend nicht? Das zu mir ins
Gesicht? Nein, garstiger Mann, ich kenne sie
nicht, und mag sie nicht kennen, die Tugend, die sie
hat, Männer durch buhlerische, gekünstelte Unschuld ins Garn zu locken. Zwar, du verdientest
ein Weib, das weniger tugendhaft wäre. – –
(Zu Betty.) Aber bey dir will ich anfangen, Muster der Tugend! Fort aus dem Hause, du Schlange, die ich aus Mitleid vom Staube heraushub,
und die mich zum Danke vergiftet.

Sir Guthart.

Nimm dir zum wenigsten Zeit, dich wieder zu
fassen. Du wirst den Ungrund deiner übereilten
Beschuldigung am Ende wohl einsehen. Aber
das Mägdchen treib nicht in ihr Unglück. Wo
wird

wird die verstoßene Waise sich hinwenden, die dein gottloser Verdacht um das kostbarste Kleinod ihres Geschlechts, um ihre Ehre bringt? Wenn es doch seyn muß, so mag sie sich anderswo mit einem Dienste versorgen: doch bis sie ihn findet, behalt sie bey dir.

Lady Guthart.

Wie listig, du gutwilliger Versorger achtzehnjähriger Waisen! Nicht wahr, im Hause soll ich sie halten, damit euch die Zeit Mittel verschafft, eure Karte zu mischen? Eben, weil du ihr eifriger Fürsprecher bist, soll sie diesen Morgen noch wandern. Fort aus meinem Gesichte!

Betty.

Ich gehe. Wenn Sie mir auch zu bleiben erlaubten, dürft' ich nicht bleiben: um Ihrer Ruhe willen dürft' ich es nicht. Mein Gewissen ist rein: aber verzeihen Sie beyde, wenn ich ohne meine Schuld ihre Glückseligkeit störte. Nehmen Sie meinen aufrichtigen Dank für alles an, was ich in ihrem Hause genoß. Der Himmel, der für arme Unglückliche sorgt, wird über mich wachen.

Lady Guthart.

Komm, eh du mein Mitleid erweckst. Vielleicht bist du minder bosbaft, als leichtgläubig, unerfahrenes Mägdchen! Du siehst noch der Männer Falschheit nicht ein. Aber eben darum muß ich dich entfernen. Komm! (sie führt Betty fort.)

V.

V. Auftritt.

Sir Guthart. (allein.)

(Nachdem er Ihnen eine Weile nachgesehen.)

Was steh ich ißt an den Boden geheftet, -
sehe mit meinen Augen das Unrecht, und laß' es
geschehen? - muß es geschehen lassen? strafbar,
wenn ich die Unschuld vertheidige, und eben so strafbar, wenn ichs nicht thue! - - Gott, Gott! was
für ein eisernes Herz! - Und eben dieses mußte
das unbarmherzige Schicksal an das meinige bin-
den! - Ja dieses! warum nicht ein anders, aus
sanfterm gefühlvollen Tone gebildet, wie meines? - so wie ich in meinem Leben nur eines gekannt habe; - wie das deinige war, unglückliche
Lucy, die ich immer zu vergessen strebe, und die
ich nie vergessen kann! - - Aber auch du mit deinem empfindsamen Herzen hast nichts weiter gewonnen, als deine Leiden tiefer zu fühlen. - Wo
verfolgt dich wohl ißo dein Schicksal, gute redliche
Seele? Lebst du wohl noch? - Mit dir will ich
mich trösten, wenn es ein Trost ist, Gefährten im
Unglücke zu haben. - - - O, was muß ich ißt
wieder an sie denken! Werd' ich dann nie vermögen, das Bild meiner Lucy hier zu vertilgen? -
Meiner Lucy! ich schwärme: - mein war sie niemals; mein wird sie niemals; kann es nicht werden. - - Hätt es doch werden können! - Hätte!
hätte! - (Schlägt sich vor den Kopf.) Quäle dich
noch mit dem Gedanken an Möglichkeiten, sinn-
reicher Thor! Hast du nicht mit dem, was wirk-

lich)

lich iſt, ſchon Quaalen genug? (Er wirft ſich auf
einen Seſſel, und verbirgt das Geſicht. Manlove
kömmt herein, mit einem Hut ohne Haft auf dem
Kopfe, den er niemals abnimmt.)

VI. Auftritt.

Sir Guthart. Manlove.

Manlove.

Guten Morgen, Freund! Was ſoll dieſe
wunderliche Geberdung? Ich wette, dein Weib
hat dich wieder verdrießlich gemacht. Dacht' ich
mirs gleich, als ich ſie bey mir vorbeypoltern
ſah. - - Mann! finde dich drein: hat wohl jeder
darmit ſeine Plage.

Sir Guthart. (reicht ihm die Hand,
ohne aufzuſtehen.)

Sey mir willkommen. Ich danke dirs,
Freund, daß du bey mir biſt. Nie hab ich mehr
deiner Hülfe bedorft. Ich verſinke noch unter dem
Drange.

Manlove. (zuckt die Achſeln.)

Helfen, daß dir geholfen iſt, kann Niemand,
als Gott.

Sir Guthart.

Er wirds auch: ſo oder ſo. In die Länge
könnt' es nicht dauren. Ich fühle wohl, daß
mein Herz überſpannt iſt, und ſpringen muß. Alles macht Eindruck, was ſonſt drüber wegglitſchte.

(Man=

(Manlove ſetzet ſich an die andere Seite des Tiſch=
gens, und zündet eine Pfeife an.) Laß dir nur ſa=
gen. In dieſem Augenblicke kam ich auf eine
Idee, die mir nicht neu war: aber oft hab ich ſie
denken, und wieder vorbeylaſſen können. Eine
Weile her fällt ſie mir wunderbar auf. Ich kann
ſie nicht los werden. Sie zittert noch durch mei=
ne ganze Seele hinaus.

Manlove.

Denke nur menſchlich, und ſchwärme nicht
aus: das mag ich an dir nicht leiden. - Was
war alſo deine Idee? Laß hören: kurz und natür=
lich, daß ſie meinem geraden Menſchenverſtand
auch faßlich wird.

Sir Guthart.

Viel muß vorangehen, ehe du ſie faſſen kannſt. -
Aber - - - biſt du mein Freund ?

Manlove. (ſteht auf.)

Wenn ich dir die Frage beantworten muß, ſo
ſag ich nein, und halte mein Wort.

Sir Guthart.

Nicht ſo, guter Manlove, nicht ſo. Du biſt
es gewiß. Ich weis nicht, warum ich gefragt ha=
be. - Vermuthlich damit ich nicht roth werden
darf, wenn ich dir meine Schwachheit entdecke. - -
Setze dich wieder, und höre mich an. - - Vor et=
was mehr als fünf Jahren ward ich bekannt mit
einer Perſon, die alles war, was man zur Voll=
kom=

fommenheit eines weiblichen Geschöpfes wünschen kann. Keine glänzende Puppe von Schönheit; doch nicht häßlich: aber am Geiste mehr als ein Weib. Von unbescholtenem Wandel; sanft, wie ein Engel; verträglich mit Leuten, die Niemand vertragen kann; und ein Herz, so voll von richtigem, warmen Gefühle, daß ich keines auf Gottes Erdboden so harmonisch mit dem meinigen fand.

Manlove. (Indem er seine Pfeife rauchet.)

Die hätteft du zur Frau nehmen sollen.

Sir Guthart. (mit einem Seufzer.)

Sie hatte ja schon einen Mann.

Manlove.

Das ist was anders. - - Dann war es nicht gut, daß du dich so bekannt mit ihr machteft.

Sir Guthart.

Vielerley Umstände haben es nothwendig gemacht. - Ihr Mann war ein Ungeheur, seines Glückes nicht würdig. Wider ihre Neigung hatte er sie von einer ehrsüchtigen Mutter erhalten, weil er in Ansehen stand : denn ihr Vater war todt. Sie bracht ihm Vermögen zu ; aber in den Händen eines Verschwenders schmolz es zusammen. Viel hat sie von ihrem Manne zu dulden gehabt, der sie nicht liebte. Ihre Mutter grämte sich ins Grab über den Vorwurf, eine Tochter ins Verderben gestürzt zu haben. - - In diesen Umständen lernt ich sie kennen. - Sage nun, Freund,

B   was

was du an meiner Stelle gethan hätteſt. War es
nicht Pflicht ſie zu bedauren?

Manlove.

Bedauren, helfen, wenn du's vermochteſt;
aber nichts weiter.

Sir Guthart.

Du weiſt, wie mich das angreift, wenn ich
Unſchuldige leiden ſehe. Sie litt, und war unſchul-
dig. Ich kam zuweilen ins Haus; war Zeuge von
vielen Mishandlungen eines unartigen Mannes,
der oft ſeine Verzweiflung über eine geduldige Gat-
tin hinausſtürmte. Sie beklagte ſich niemals.
Ihren Pflichten getreu, erzwang ſie von ihrem
Herzen, gegen den Urheber ihres Unglücks zärtlich zu bleiben, und ſprach ihm in ſeinem Unmu-
the ſelber Troſt ein. Zwey Jahre lang war ich
mit ihr bekannt. Endlich zog ſie mit ihrem Mann
auf ein kleines Gütchen in Northampton, das er
von einem Verwandten ererbt hatte.

Manlove.

Ich bin herzlich froh, daß ſie nun fort iſt.
Mir wurde bang, wie du von ihr kämeſt.

Sir Guthart.

Du haſt recht. Ich weis nicht, wie es länger
gehalten hätte. Ich glaubte nur Mitleid zu haben;
aber es war heimliche tiefgewurzelte Liebe, die ich
mir ſelbſt nicht geſtand: kurz, ich war entzückt in
den Engel. Sie hat es ſicher gemerkt; hats mer-
ken

ken müſſen: denn verbergen kann ich mich nicht.
Aber in zweyen Jahren war mir kein Wort über
die Zunge gekommen, das ihre Tugend hätte beleidigen können. Endlich ward mir das Geheimniß zu ſchwer: ich mußte es ausbrechen laſſen. Es
war am Tage vor ihrer Abreiſe: da kam ich Ab-
ſchied zu nehmen. Sie hatte mir die Stunde gegeben, Abends um ſieben. Ihr Mann war von Hauſe. Nie iſt mir ein Gang ſo ſauer geworden. Sie
zum letztenmal ſehen: das lag mir, wie ein Berg
aufm Herzen. Ich trat ins Zimmer, ungemeldet
wie ich gewohnt war. Mir deucht, ich ſehe ſie noch
ſitzen auf ihrem Sopha, tiefſinnig, beyde Hände
im Schooß, die Augen untergeſchlagen. Langſam
trat ich zu ihr, ſetzte mich an ihre Seite; ſie blickte
mich an, und Thränen, die ſie verbergen wollte,
drangen ſich in ihre vollen Augen. Sie wollte die
Hand davorhalten: ich nahm ſie leiſe herunter,
drückte ſie feſt in die meinige, und ſie weinte noch
ſtärker; ich weinte mit ihr. - - Wir ſaßen eine
Weile wie Bilder, ohne reden zu können. Ich
brach das Stillſchweigen zuerſt, und unſre Herzen
machten ſich Luft. Ganz geſtand ich ihr meine Liebe, wie ich ſie fühlte; und ſie ließ mich errathen,
daß ſie um meinetwillen Thränen vergoß. Klagen,
bittere Klagen über mein Schickſal, über das ihrige, über den, der ſie hatte, waren all, was ich vor-
bringen konnte. Sie wollte mich tröſten, ſchwatzte
mir von Dingen, die möglich wären, - möglich
bloß nach unſern Wünſchen, wenn der Himmel es
wollte! - Ja! - hätt' er nicht wollen können? - -

Genug,

Genug, ich ließ mich einnehmen von unwahr-
scheinlichen Möglichkeiten, hielt mich daran wie
ein Kind, und in der Hiße meiner Empfindung
schwur ich, - ohne zu denken, - in ihre Hand
schwur ich es, keiner zu werden, als ihr.

Manlove.

Uebel gethan! Schwören muß man für nichts.
Wir Quäker dörfen auch vor Gerichte nicht schwören. Versprechen muß man schon nicht, was man
nicht halten kann.

Sir Guthart.

Ueber die kalten ruhigen Seelen, die keinen
Schritt thun können, wo nicht Ueberlegung vor-
ausgeht! Ueberlegung ist schön, ist löblich: aber
wie manche rühmliche Handlung gienge darmit
verloren. (Manlove schüttelt den Kopf.) Ich
hätt' es ihr halten, oder nicht schwören sollen; das
weis ich: und doch reut es mich nicht, daß ich geschworen habe. Kurz, nun war es geschehen. Eh
ich gieng, gab ich ihr mein Bildniß zum Andenken, und bath um etwas von ihr. Sie wollt' es
nicht geben: aber ich nahms mit Gewalt. Siehst
du? aus ihrer Locke schnitt ich die Haare, die ich
hier im Ringe bey mir trage. - Sie riß sich auf
vom Sopha, stammelte mir ein Leben Sie wohl!
und sperrte sich in ihr Kabinet ein. Von derselben Zeit an hab ich sie nicht wieder gesehen.

Man-

Manlove.

War nun des Dings ein Ende? Oder habt
Ihr in Briefen euern Unsinn noch weiter getrieben?

Sir Guthart.

Nein; sie verboth mir zu schreiben, und ich
schrieb ihr auch nicht. Ein Freund in der Gegend,
bey dem ich mich erkundigte, gab mir ein paarmal
Nachricht von ihren kläglichen Umständen; aber
seit lange nicht mehr.

Manlove.

Da kann ich aus allem noch deine Idee nicht
herausbringen.

Sir Guthart.

Geduld! ich will dir darauf helfen. - - Ueber ein Jahr gieng ich herum, wie ein Mann mit
bösem Gewissen, muthlos und niedergeschlagen.
Endlich verließ ich Stadt, und suchte Zerstreu-
ung auf dem Lande. Mein Herz war schon einmal gestimmt, überall eine Lucy zu suchen. Ich
glaubte sie an einem Mägdchen gefunden zu haben, bey der ich Einfalt und Mangel der Erzie-
hung für Unschuld und bloße Natur nahm. Sie
ward mir getrauet: und du weißt, wie sehr ich für
den Meyneid gestraft bin, den ich an Lucy be-
gieng. - - Izt komm' ich zum Hauptpunkte.
(langsam) Warum mußte die unglückliche Lucy
einem Schurken in die Hände fallen, der ihren
Werth nicht erkennt? und mir eine andere, die ich
nicht glücklich machen kann, weil sie keine Lucy ist?

B 3   Man=

Manlove.

Meynt' ich Wunder, was du aus deiner Romanliebe herausbrächtest! Am Ende hör' ich den thörichten Wunsch eines jeden Bösewichts, der Bubenstücke begehn will : „Ich möchte gern ha=
„ben, was nicht mein ist". – Guthart! ich dachte besser von dir. Ich glaubte dich über brau=
sende Jünglingsschwärmereyen weg. Kannst du möglich machen, was nicht möglich ist? Und wenn du's nicht kannst, was willst du dich verge=
bens vom Mann zum Kinde weinen, das etwan einen lumpichten Apfel am Baume nicht haschen kann, nach dem es hinaufsieht?

Sir Guthart.

Manlove! ich bitte dich, verfahr gelinder mit mir. Deine Strenge tödtet mich : aber sie hilft nichts. Siehst du nicht, daß ich krank bin? All dein Sagen, daß ich aufstehn soll vom zehrenden Fieber, daß es besser wäre, nicht darnieder zu lie=
gen, giebt mir die Kräfte nicht. – – Habe Mit=
leid mit mir.

Manlove.

Ich habs auch, allzu empfindlicher Mann! ich habs. Aber soll ich dir schmeicheln? soll ich jammern mit dir, und dein zartes Gefühl noch hö=
her hinaufstimmen? – – Willst du mir folgen? – Ich begehre nicht, daß du den Knoten auf einen Hieb entzweyhauest: aber thu, was du kannst. Bemühe dich, das Weib zu vergessen, das' du lieb
hat=

hatteſt: ſtelle dir ſie nicht ſo vor, wie du Ab-
ſchied von ihr nahmſt: denke ſie ſo, wie Men-
ſchen gemeiniglich ſind; wie ſie itzt ſeyn wird, nach
einer Abweſenheit von etlichen Jahren; deine
Freundinn nicht ganz unbekümmert um dich, aber
auch nicht untröſtlich über deinen Verlurſt. Denke ſie todt: ſie iſts wirklich für dich. Und dann
leg’ allmählig die Trauer ab. Deinem Herzen iſts
Ehre genug, daß es um Freunde Jahre lang trau-
ren kann.

Sir Guthart.

Thun, was ich kann, das will ich: ob ichs
können werde, weis Gott. Denn wenn ich dir
alles ſagen, alles ausdrücken könnte, wie’s hierin-
ne geſchrieben ſteht . . . . . Es kömmt Jemand: wir
müſſen abbrechen von der Materie.

VII. Auftritt.

(Jämes bringt einen Gluttopf, und einen Thee-
keſſel, und ſtellet es auf das Tiſchgen.)

Die Vorigen. Jämes.
Jämes.

Sir! man hat einen Brief für Sie gebracht.
(Er ſuchet in allen Säcken.) Hab’ ich ihn doch zu
mir geſteckt! - - Verloren kann ich ihn nicht haben. - - Das wäre! - - gleich will ich auf dem
Wege zurückſuchen. - - Nun, wußt’ ich ja, daß
ich ihn haben muß. Hier iſt er.

Sir

Sir Guthart.

(Nachdem er ihn betrachtet hat.)

Gott! was ist das? – diese Hand, – dieses
Siegel! – Unvermuthet! – (Jämes geht.)

VIII. Auftritt.

Sir Guthart. Manlove.

Sir Guthart.

Vergessen – sagtest du nicht so? – vergessen
soll ich sie? – Sieh da: der Himmel selbst will es
nicht haben. – Ich wette mein Leben, hier ist Nachricht von ihr. – Wie mir das Herz pocht? wie ich
zittre! – Nimm den Brief: ich kann ihn nicht
erbrechen. Lies mir ihn vor: laß hören, obs gut
oder übel lautet.

Manlove. (liest.)

„ Sir! Eben komm ich von einer Reise von
„ Warwick zurück, wo mich meine Geschäfte ein
„ Paar Monate aufhielten. Während meiner
„ Abwesenheit hat es in dem Hause Hopeleß vie-
„ le Veränderungen gegeben. Ich melde es Ih-
„ nen, weil ich weis, daß Sie an dem Schicksale
„ der guten Frau vielen Antheil nehmen. Ihr
„ Mann ist gestorben. . . .

Sir Guthart.

Gestorben? Himmel! Ein Schlag über den
andern! Ihr Mann ist gestorben?

Man-

Manlove.

He, so laß ihn gestorben seyn: hat sie doch damit ihren Peiniger los.

Sir Guthart.

Ja, wenn es nur darum zu thun wäre! Aber fassest du nicht, wie viel Sinn in diesem einzigen Worte, gestorben, für mich verborgen liegt? - Er ist gegangen; das Band hat sich gelöst; Lucy ist frey, und ich bins nicht; - hab's geschworen zu bleiben, und bliebs nicht!

Manlove.

Höre doch auf, in die Luft Schlösser zu bauen, oder . . . (Er will den Brief zerreißen. Sir Guthart fällt ihm in die Hände.)

Sir Guthart.

Nein, um alles: nur das nicht. Lies, ich will schweigen: ich bitte dich, lies weiter. Muß ich nicht wissen, was aus Lucy geworden ist?

Manlove. (liest.)

„Ihr Mann ist gestorben, und weil kein Te-
„stament von ihm da war, haben seine Verwan-
„dten das Gütchen wieder an sich gezogen, und
„die arme Wittwe verstoßen. Sie wird von Je-
„dermann sehr bedauret, weil sie sich von allen,
„die sie kannten, Liebe und Hochschätzung er-
„warb. Eh ich zurück kam, war sie schon abge-
„reiset, und wie man mir sagt, so nahm sie den
„Weg nach London, wo sie noch einige Befreun-

B 5 „dten

„dten haben soll. Sie kann vor meinem Briefe
„schon dort seyn, und Sie werden die nähern
„Umstände vieleicht aus ihrem Munde selbst er-
„fahren können.“ - - Nun hierüber hast du
nichts anzumerken? - - Nach London, hörst
du? - nach London.

Sir Guthart. (ganz gelassen.)

Gut, laß sie kommen.

Manlove.

Und du zitterst nicht über die Folgen, wenn
du sie zu Gesichte bekommst? - Mann! du bist
verloren, wenn du sie siehst. Du mußt sie nicht
sehen. Versprich mirs. Ich lasse nicht eher von
dir, bis du mirs versprochen hast.

Sir Guthart.

Freund, das versprech' ich dir nicht. Ich
muß sie sehen, ich muß. Du wirst es erfahren,
daß ich ruhiger werde, wenn ich sie sehen kann.
Bin ich nicht itzt schon ruhiger, da ich sie näher
um mich weis?

Manlove.

Traue nicht dieser gefährlichen Ruhe. Ich
kenne dein Herz: du bist nicht Meister über deine
Empfindungen. - Weißt du, was ich dir rathe? . . .

Sir Guthart.

O, da sind uns die Gäste meiner Frau auf dem
Halse. Man hat uns gesehen; ich kann mich mit

An-

Anstande nicht entfernen. Bleib doch, mir zu gefallen: laß mich ihrem unsinnigen Geschwätze nicht allein ausgesetzt.

IX. Auftritt.

(Manlove setzet sich an das Nebentischgen , und zündet seine Pfeife wieder an, ohne Jemanden zu grüßen. Sir Guthart geht der Gesellschaft bis an die Scene entgegen.)

Die Vorigen. Lady Guthart. Lady Distrust. Herisson.

Sir Guthart.

Ihr gehorsamer Diener, Lady Distrust!

Lady Distrust.

Ihre Dienerinn, Sir Guthart! vergeben Sie, daß ich Ihnen so früh beschwerlich bin. Wir haben die Erlaubniß, von der herrlichen Aussicht ihres Gartens zu profitiren , und hier in der Gesellschaft meiner Freundinn das Frühstück zu nehmen.

Sir Guthart.

Meine Frau wird Ihnen für die Ehre dankbar seyn.

Herisson.

Ah, bon jour mon cher ami ! Hören Sie: Ihr Garten gefällt mir außerordentlich. Parbleu ! das muß man doch Ihrer Nation lassen , daß sie einen vortrefflichen Geschmack in Gartenbau

bau hat. Was man nicht alles in einem engländischen Park sehen kann! Hügel, Thäler, Ruinen, chinesische Brücken, Waldungen, Felder, die ganze Natur! So etwas muß ich mir auch anlegen, so bald ich in mein Vaterland komme. - - Aber das Frauenzimmer wird sich setzen wollen. (Er ordnet die Sessel.) Mesdames, s'il vous plait. - - Sir Guthart, Sie werden sich doch gefallen lassen, Platz bey uns zu nehmen?

Sir Guthart. (Setzet sich zu Manloven.)

Ich will mich etwas in der Entfernung halten. Der Tobackrauch möchte Ihnen beschwerlich seyn.

Herisson.

Wie! Sie rauchen Toback? Fi donc! da möcht' ich mir auch das Maul mit verderben. (zu Lady Guthart.) Madame, wie können Sie das leiden?

Lady Guthart. (immer schnippisch.)

Sir Guthart ist nicht so gefällig, daß er sich um meinetwillen ein Vergnügen versagte.

Lady Distrust.

O sprechen Sie nicht so von Sir Guthart. Das ist ja der galanteste Mann von der Welt. Er weis doch zu leben. Da lassen Sie mich reden, mit meinem ruhigen kaltblütigen Kloße von Mann, den ich nicht einmal im Stande bin zum Zorne zu reizen.

He=

Herisson.

Meine schönen Damen, ich dächte, Sie sollten abbrechen von dem Kapitel der Männer. Es
kömmt so altmodisch heraus, über die Ehestands-
plagen zu räsonniren. – (zu Lady Guthart) A pro-
pos, meine Lady! Wer ist doch dieser Mann mit
dem Rock ohne Falten und Knöpfe?

Lady Guthart.

Er ist noch nicht lang aus Amerika gekommen.

Herisson.

Dacht' ich mirs, er müßte ein Gegenfüßler
von unserer Welt seyn. Ich betracht' ihn schon
lange: Hat sich wohl je sein ernsthaftes Gesicht
zum Lachen verzogen? (Er neiget sich einigemal gegen Manloven.) Nu das gefällt mir: er läßt sich
grüßen, und bleibt sitzen mit dem Hut auf dem
Kopf, als ob er vernagelt wäre. – Ma foi c'est
un vrai original. (Er steht auf. – Zu den Damen.)
Mit Ihrer Erlaubniß, ich muß ihn doch näher
beschauen. (Er geht zu Manloven, und machet ihm
eine Reverenz.) Ich bin ihr Diener, mein Herr!

Manlove. (Ohne sich zu verrücken.)

Dein Herr bin ich nicht; – möchte dich auch
zu meinem Diener nicht haben.

Sir Guthart.

Lassen Sie Sichs nicht befremden, Monsieur
Herisson! der Mann ist ein Quäker: und diese
Art

Art Menschen verstehen sich auf Komplimente
nicht. Sie duzen Jedermann, und werfen jedem
trocken in den Bart, was sie denken.

Herisson.

Ist er etwan von den Wilden aus Amerika,
die sich zum Spaße die Europäer am Feuer bra-
ten, wenn sie in ihre Hände fallen?

Sir Guthart.

Keineswegs. Er ist ein Mann von Recht-
schaffenheit, der alle gesellschaftliche Tugenden kennet und ausübet: aber aufrichtig und rein von der
Brust weg. (Unterdessen hat ein Bedienter den Kaffee gebracht. Lady Guthart fängt an einzuschenken.)

Lady Distrust.

Herisson! wollen Sie nicht die Lady der Mü-
he überheben?

Herisson.

Mit allem Vergnügen. Permettez, s'il
vous plait. (Er bedient die Frauen wechselweise
mit Kaffee.)

Lady Guthart.

Allzu gütig! - Ich muß abbitten, daß Sie
Sich damit plagen wollen. Mein Kammermägdchen sollte das verrichten. Aber - - - (zu Lady
Distrust.) Mein, wissen Sie mir keines? Ich habe das meinige vor einer Stunde fortjagen müssen.

(Lady

(Lády Guthart wirft von Zeit zu Zeit einen Blick auf
Sir Guthart.)

Lády Distrust.

Fortjagen müssen? Wohl nicht ohne Ursache?

Herisson.

Ihre kleine Betty? Jammer und Schade für
das schwarzaugige Mägdchen! Ein bißchen stolz
und ungeberdig, wenn man ihr zu nah kam; aber
sonst ein allerliebstes Gesichtgen!

Lády Guthart.

Das ist eben das Unglück für junge Mägd:
chen, wenn sie die Natur zur Versuchung gebildet
hat. Denn wie groß ist nicht die Bosheit des
Männergeschlechts!

Lády Distrust.

Also vermuthlich von einem Liebhaber ver:
führt? Das junge Ding! ich hätt' es ihr nicht
zugetraut. Wo hat sie denn Bekanntschaft machen
können? Kam sie doch selten von ihrer Seite,
Lády!

Lády Guthart.

O wer das suchen will, findet allenthalben.
Oft findet sichs, wo man nicht suchet: - ja, ja,
wo man gar nicht suchen, wo man nicht denken
soll. - - Die Welt ist itzt im Grunde verderbt.
Wem ist mehr zu trauen? gewiß keinem Men:
schen. - - Aber sagen Sie: wissen Sie mir ein
taug:

tauglches Mägdchen , das Niemand mehr in
die Augen sticht ? Sie mag runzlicht, verwach=
sen, alt, voller Gebrechen seyn; wenn sie nur gesun=
de Hände hat : denn bloß zu meiner Bedienung
will ich sie brauchen.

Herisson.

(Der seinen Kaffee nebenher ausschlürft.)

Quelle idée. Madame ! So ein häßliches,
eckelhaftes Gespenst möchten Sie um ihren Nacht=
tisch herumschleichen sehen ? Lassen Sie das alten
Großmüttern über. Hübsche junge Frauen, wie
Sie sind, dörfen auch artige Mägdchen um sich
haben : sie verlieren nichts bey der Vergleichung.
(zu Sir Guthart.) N'est- ce pas , Monsieur
Gouthart? -, Sie haben doch auch eine Stimme
dabey zu geben ?

Lady Guthart. (spöttisch.)

O ja natürlich ! Sehen Sie ihm vieleicht an,
daß er ein Mägdchenkenner ist ?

Lady Distrust. (heimlich zu Lady Guthart)

Liebe Freundinn ! Ich weis nicht, wie mir
das Ding so räthselhaft vorkömmt. Ich will nicht
hoffen, daß ihr Gemahl sich so hinwerfen könnte. - -
Was man doch erleben muß ! - Entsetzlich ! ent=
setzlich ! - Ja, wer nur den Männern traut !
Einer so gut als alle ! Bey meiner Ehre keiner viel
werth ! - - Ey, ey, ey ! wo mans am wenigsten
glaubte.

Lady

Lády Guthart.

Genug, ich bitte, daß es unter uns bleibt. Man darf nicht laut schreyen. Aber wie läßt sich da Rath schaffen? Könnte man der Plage nicht los werden, so einen jungen Versuchteufel an seiner Seite zu haben?

Lády Distrust.

Wie wäre es, wenn Sie statt einer sogenannten Kammerjungfer ein ehrliches Geschöpf von Kammerfrau zur Bedienung nähmen?

Lády Guthart.

Die schon ihre gewiße Jahre hätte? - Davon läßt sich noch reden. Ich will der Sache nachdenken.

Lády Distrust.

Nicht wahr, Monsieur Herisson? In Frankreich pflegt man sich auch Kammerfrauen zur Bedienung zu halten?

Herisson.

Oui Madame! En verité, das läßt viel nobler bey vornehmen Leuten: Sie haben recht. Jedes Bürgersweib hält sich ihr Mägdchen: und man muß doch einen Unterschied wissen. (Zu Lády Guthart.) Suchen Sie eine? O da kann ich just aushelfen.

Lády Guthart.

Ich danke, mein Herr! Ihre Empfehlung würde wohl meiner Absicht entgegenstehen.

C   He-

Herisson.|

Hören Sie nur, eh Sie den Vorschlag ver=
werfen. Ich weis eine gesetzte, arme, unglückli=
che Wittwe: nicht alt, nicht verwachsen; aber
grundehrlich, wie man mir saget. Sie logiert seit
etlichen Tagen in meinem Gasthause. Ich habe
sie noch nicht sprechen können; denn sie geht nicht
aus dem Zimmer. Mein Wirth hat mir von ihr
erzählet: sie soll noch nicht lang ihren Mann ver=
loren haben. Sie kam hieher, bey einem Oheim,
der reich ist, Hülfe zu suchen: aber der Knauser
läßt sie nicht vor sich, weil sie Hülfe braucht.

Lády Guthart.

Und wer ist sie von Geburt? wie heißt sie?

Herisson.

Ihren Namen weis ich, ma foi, nicht. Den
Oheim hat man mir genannt. Er ist ein bekannter
Wechsler in Pallmall. Trad... Tråd... Tr...

Lády Distrust.

Trådewell?

Herisson.

Précisement. Kennen Sie die Familie?

Lády Distrust. (spöttisch.)

O ja. Itzt weis ich die Wittwe. (Zu Lády
Guthart.) Nichts für Ihren Fall, meine Freun=
dinn! aus vielen Ursachen nicht. — — Ist dieß
Weib wieder hier! Sie hat sonst in Londen viel
Aufsehens gemacht. Aber ich habs oft gedacht:

so

so kanns immer nicht dauren. Die Ballköniginn von allen seinen Gesellschaften; am Ende, wenn das bißchen Vermögen aufgezehrt ist, eine Bettlerinn. So ist es schon vielen gegangen. Ich lobe den Oheim, daß er sie stecken läßt. Er wird schon wissen, warum er es thut. (Zu Sir Guthart.) Sir Guthart! Sie haben ja die Hopeleß gekannt? Ich weis, daß Sie ein Freund vom Hause waren. Itzt wieder in Londen! Was wird sie anfangen? Wie wird sie sich nähren im Gasthause? — Hm! Hm! es giebt freylich allerhand Wege sich zu nähren. Hart genug, wenn man aus Noth den schlechtesten wählen muß!

Sir Guthart. (steht auf.)

Weil Sie mich auffodern, Lády Disturst, weil Sie wissen, daß ich die Frau gekannt habe, eh sie von Londen gieng; muß ich Ihnen doch sagen, daß Ihre Besorglichkeit um ihr Fortkommen übel angebracht ist. Es ist kein Verbrechen, ohne seine Schuld arm zu werden. Die Freuden, die sie aus Gefälligkeit für ihren Mann mitgenießen mußte, warden ihr bitter genug durch den Gedanken an die Folgen seiner Verschwendung, die sie voraus sah, aber nicht verhindern konnte. Ihr Oheim muß kein menschliches Herz haben, wenn er sich ihrer nicht annimmt. Indessen ist sie auch in der äußersten Armuth nicht fähig, so niederträchtig zu handeln, als Sie von ihr denken können.

Lá

Lådy Diſtruſt.

Gott bewahre, daß ich Sie dadurch hätte beleidigen wollen! Ich würde kein Wort von der Wittwe geſagt haben, wenn ich gewußt hätte, daß ſie Ihnen ſo nahe gieng. Sie kann meinethalben eine honnete Perſon ſeyn, vieleicht ſo ehrlich als ich. . . .

Manlove. (etwas eifrig vor ſich.)

Vieleicht auch wohl ehrlicher.

Lådy Diſtruſt. (aufgebracht.)

Wie meynen Sie das? Was halten Sie von mir? Ein hergelaufenes verdächtiges Weib, deren ſich ihre Nächſten Verwandten ſchämen müſſen, - von der ich nicht alles ſagen mag, was ich weis, die heißen Sie ehrlicher als mich? - - Wer bin ich, daß Sie mich mit ſolchem Zeuge vergleichen? - Sie lachen? - O lachen Sie nur! - Wer hält mich, daß ich nicht ihre runde Perüke - - - (Zu Lådy Guthart.) Verzeihen Sie, Lådy! Aber ſehen Sie nicht, wie man mir mit ſpielt? - Es ſtreicht mir ans Herz! . . .

Heriſſon.

Madame! Madame! hier iſt Eau de Luce . . eau des Carmes . . . eau de . . .

Lådy Diſtruſt.

Fort mit dem Plunder! - Hier kann ich nicht mehr bleiben. - Hopeleß! dieſen Schimpf muß ich um deinetwillen ertragen! - O wenn ich könnte!

te! - - Wer weis, was ich kann? - - Ich
muß in die freye Luft hinaus. (Sie geht mit He‑
riſſon.)

Lâdy Guthart.

Hier ſteckt ein Geheimniß verborgen. Ihr
will ich folgen: ich muß es heraus bringen. (Sie
geht.)

X. Auftritt.

Sir Guthart. Manlove.

Sir Guthart.

Merkſt du den Sturm, der von weitem her‑
aufſteigt? Ich fürchte, bald, bald wird er aus‑
brechen. Die ganze Hölle iſt wider mich los.
Freund! ich ſeh keinen Ausgang.

Manlove.

Laß der Sache den Lauf, wie ſie laufen will,
und es wird recht werden. Aber du leg keine
Hand daran: ſonſt iſt all die Schuld dein, wenn's
übel ausſchlägt. Merke, was ich dir ſagte: Du
darfſt die Wittwe nicht ſehen; wenigſt ſo lange
nicht, bis ich dir ſage: du darfſt. Glaube mir,
ich weis beſſer, was dir nuß iſt, als du. Aber
halte nichts heimlich vor mir; nichts, wenn es
auch Schwachheiten wären: ſonſt zieh ich meine
Hand von dir ab; und du wirſt fallen. - -

Komm,

Komm, wir wollen rathschlagen, was zu thun ist.

Sir Guthart.

O wenn ich dich nicht hätte! – – Verlaß mich nicht, Freund! (Sie geben sich die Hände, und gehen ab.)

Zwey-

Zweyter Aufzug.

(Manloves Zimmer in Gutharts Hause.)

I. Auftritt.

Manlove. Jämes. (mit einem Brief
in der Hand.)

Manlove. (im Hereingehen.)

Hier komm herein, daß wir allein sprechen
können.

Jämes.

Sir Manlove! halten Sie mich doch länger
nicht auf. Ich könnte nun bald wieder zurück
seyn, und bin nicht gegangen. Sie werden mir
böses Spiel machen.

Manlove.

Sage mir itzt, wo wolltest du hin mit dem
Briefe?

Jämes.

Wissen Sie wohl, daß eine der ersten Pflichten eines treuen Dieners ist, reinen Mund zu halten?

Manlove.

Alles nach Umständen. Wenn es nicht um
das Heil deines Herrn zu thun wäre, den du doch
lieb hast, würd' ich mich wohl um deine Gänge be-
kümmern? Was ich thue, geschieht aus Pflichten der Freundschaft. - - Alter Knabe! willst

C 4

du

du mirs gestehen, wenn ichs errathe, wohin du
geschickt warst?

Jámes.

Ich wills.

Manlove.

In ein Gasthaus? – nach einer Wittwe? –
die dein Herr vor Jahren gekannt hat?

Jámes.

O wenn Sie alles wissen, was setzen Sie
mich dann auf die strenge Frage?

Manlove.

Gieb den Brief mir.

Jámes.

Sir! ohne den Brief darf ich nicht hingehen.
Ich wüßte nicht, was ich ihr sagen sollte.

Manlove.

Gieb – (er nimmt ihn) und geh nicht hin.

Jámes.

Mein Herr wartet auf Antwort. Was soll
ich ihm sagen? daß ich dort gewesen sey? – daß
ich sie nicht zu Hause gefunden? – daß – – –

Manlove.

Nein, das wäre nicht wahr: und lügen muß
man für nichts. – Verbirg dich vor ihm. Komm
nach einer Weile wieder zu mir. Laß mir indessen
den Brief: er wird bestellt werden.

Jámes.

Jámes.

Sie wollen ihn also bestellen? Sir Manlove! ich trau auf ihr Wort. Aber ich möchte nicht gern in meinen alten Tagen durch Sie zum Schelmen werden.

Manlove.

Geh! (Jámes geht.)

II. Auftritt.

Manlove. (allein.)

(Er schüttelt den Kopf.) Hm! doch geschrieben! und heimlich vor mir, da er sonst eben nichts vor mir geheim hält! - - Der Mann, der Mann ist in einer kritischen Lage! - Ich muß alles zu seiner Rettung versuchen. - - Möchte doch wissen, was er an seine Wittwe schreibt! Sollt' es fast wissen! - Hat er mir ja schon das meiste gestanden. - - Wenn ichs wagte! (Er will den Brief erbrechen, steckt ihn aber nachmals zu sich.) - Nein; wills nicht thun: es wäre nicht schön gehandelt. Vieleicht erfahr ichs von ihm selber.

III. Auftritt.

Manlove. Lády Guthart.

Lády Guthart.

Eben recht, Sir Manlove, daß ich Sie hier allein antreffe. Mit Ihnen muß ich was sprechen. Wollen Sie mich anhören?

Man-

Manlove.

Warum das nicht? Wenn's nur vernünftig ist.

Lady Guthart.

Sie sind ein ehrlicher Mann: für das hab ich Sie allezeit gehalten; – und ein Freund vom Hause: nicht wahr?

Manlove.

Wenn das nicht wäre, so würd' ich bey euch nicht geblieben seyn.

Lady Guthart.

Und der Vertraute meines Mannes?

Manlove.

Manchmal, wie es kommt: wo er mich dazu machen will.

Lady Guthart.

Nun so sagen Sie mir: – – – Ich wollte wünschen, daß Sie erriethen, was ich wissen möchte: – – liebt mich mein Mann?

Manlove.

Frau, was fällt dir ein, mich darum zu fragen? Erst frage dich selbst, ob du verdienst, daß er dich liebe: und mir ist leid für dich, wenn du dann zweifeln mußt.

Lady Guthart.

Ach! daß ich nur zweifeln könnte! aber ich

weis

weiß es gewiß; ich seh es aus allen Umständen, selbst aus der Antwort, mit der Sie meiner Frage auszuweichen suchen, daß er mich nicht liebt. – Und warum liebt er mich nicht? Bin ich so verstaltet, so häßlich? vor zwey Jahren war ich ihm gut genüg, dem Verräther, als er mir den bedenklichen Schwur that, mich ewig zu lieben. – – Aber trauet nur, Mägdchen, trauet auf Schwüre der Männer, und ihr seyd betrogen, wie ich.

Manlove.

Nur nicht so hastig mit deinen Vermuthungen! Hab ich denn gesagt, daß er dich nicht liebt? Das wollt' ich nicht sagen, und könnt es auch nicht. – Guthart ist ein Mann von Ehre, der seine Pflichten weis, und Ihnen getreu bleibt. Sey du mit ihm, wie gute Weiber mit guten Männern seyn sollten: suche seine Neigung durch Gefälligkeit und Vertrauen zu unterhalten: vergifte nicht sein Herz mit grundlosen Vorwürfen, die dir und ihm zur Schande gereichen; so will ich dir Bürge seyn, daß er dich liebt, wie seine Seele.

Lady Guthart.

Ey! was man nicht alles von mir verlangt! Soll ich etwa zu seinen geheimen Verständnissen die Hände biethen? Soll ich ihn seine Schmeicheleyen an andere verschwenden sehen, und alles mit Gedult übertragen? Erst fand ich ihn mit dem Mägdchen, das ich fortgejagt habe, so freundlich, so

so vertraulich im Garten, daß sich ein ehrliches
Weib, wie ich bin, darüber zu todt ärgern möch=
te. - - Freylich, wenn man ihn hörte, so war
es weiter nichts, als ein Handkuß für ein Almo=
sen, das er ihr an ihre Mutter gab; es war nichts
von Bedeutung. - Vieleicht mag ich ihm dasmal
zu viel gethan haben; - aber vieleicht auch zu we=
nig. - O wenn das wäre; wenn es mir gewiß wä=
re: - wahrhaftig, ich weis nicht, was ich ihm
thun könnte.

Manlove.

Mein, wie magst du doch an allen Dingen
die schwarze Seite heraussuchen? Nimm die Sa=
chen allemal so, wie sie vor dir liegen; eher besser
als schlimmer. - Ich will dir auf den Grund hel=
fen. - Beantworte mir, was ich dich frage. - -
Du hast ihn allein mit dem Mägdchen gefunden? -
er that freundlich mit ihr? - sie sahen dich nicht? -
unversehens hast du sie überfallen?

Lady Guthart.

Bis auf zween Schritte.

Manlove.

Was that es für Wirkung? Entfärbten sich
ihre Gesichter? -- zitterten sie? - stockten sie mit
der Rede? - standen sie da voll Beschämung, wie
Missethäter, und sahen vom Boden nicht auf?

Lady Guthart.

Das nicht. Sie blieben gelassen; ließen all
mei=

meinen Zorn über sich ausbrechen, und suchten
mich mit Vorstellungen zu besänftigen, als ob es
sie nicht angienge.

Manlove.

So waren sie auch unschuldig. Glaube mir,
du hast beyden Unrecht gethan.

Lady Guthart.

Unrecht gethan? - Ihnen zu gefallen will ich
es glauben. - - Wenn ich das wüßte, so wäre
mir leid für das Mägdchen, daß sie dienstlos ist. -
Ich will ihr wohl nachfragen lassen : aber in mein
Haus kann ich sie nicht wieder nehmen. Das
Kind ist mir zu gutherzig für meinen gutherzigen
Mann ; und Lady Distrust weis auch zu viel von
der Sache.

Manlove.

Lauter Früchte eurer unbescheidnen Klätsche-
reyen! Das sind auch Geschöpfe, die man zu
Vertrauten machen muß, Weiber, wie die ist.

Lady Guthart.

Ich lobe mir Weiber, wie die ist. Sie kennet
den Weltlauf: und in vielen Sachen hat sie mir
erst Licht gegeben. Freylich ist ihre Zunge man-
chesmal beißend ; aber sie ist es mit Grunde. Zum
Exempel, mit der Wittwe im Gasthaus, da muß
schon etwas darhinter seyn, daß sie nichts tauget,
weil sie auch von ihren Befreundten verkannt wird.

Manlove.

Das wäre mir itzt eine richtige Folge! Genug,
daß

daß sie arm ist, und daß es Menschen giebt, die das Armuth von sich stoßen.

Lady Guthart.

Aber haben Sie nicht gehört, daß mein Mann mit ihr bekannt war? Und wie eifrig nahm er auch ihre Parten! - Hätt ich nur mehr mit Lady Distruſt sprechen können. Sie ſagte nicht alles, was ſie wußte; und doch ſagte ſie mehr, als ich hören mochte. - - Sir Manlove! wiſſen Sie nichts ausführlichers von der Wittwe? von meinem Manne? Hat er ſie gekannt?

Manlove.

Was ſolls dann? Hätt' er auch keine Frau kennen ſollen, eh er dich kannte? - Sey ruhig deßhalben: ich denke, die Wittwe wird nicht lang hier bleiben. Und ich verſpreche dir, wenn Guthart mir folget, wenn er mein Freund iſt, ſo wird er ſie nicht ſehen.

Lady Guthart.

Wenn er Ihnen folget? Vorſichtiger Freund! So müſſen Sie doch auch Gefahr dabey wiſſen? - Aber er folget wohl nicht. - - Das geſteh' ich Ihnen: tauſend wunderliche Grillen von dieſer Bekanntſchaft ſchwärmen mir im Kopfe herum. - - O reden Sie nichts: ich weis, was Sie ſagen wollen. Grillenhaft! freylich: aber wers auch da nicht wäre! - Genug; laſſen wirs gut ſeyn: wir wollen auswarten. Unterdeſſen hab ich Ihr Wort. Er wird ſie nicht ſehen, ſagen ſie; - wird
ſie

sie nicht sehen? – Gut, daran will ich mich halten.

Manlove.

Ich thue das meinige. Aber ein Ding muß vorangehen: du mußt auch thun, was ich haben will. Komm Frau, wir wollen Gutharten suchen, und du sollst mit ihm Friede machen. Ah! wie gerufen! (Guthart kömmt.)

IV. Auftritt.
Die Vorigen. Sir Guthart.
Manlove.

Mann! ich wollte zu dir gehen. Deine Frau will vergessen, was heute geschehen ist: willst du das auch thun? so gieb ihr die Hand, und alles sey vergessen.

Sir Guthart.

(Nachdem er eine Zeit auf Manloven, dann auf seine Frau, und wieder auf Manloven gesehen, welcher ihm zuwinkt, giebt er ihr die Hand.)

Es sey! Möchte mich nichts wieder daran erinnern! – Aber was soll ich denken von dieser so schnellen Veränderung?

Manlove.

Sey zufrieden, daß sie geschehen ist. (zur Lady.) Frau, dieß ist das erstemal, daß du mir in deinem Hause Freude machst. Ich bitte dich darum, laß sie nur lange dauern. Ist dir ißt nicht leichter
ums

ums Herz, wenn du da zur Aussöhnung die Hand
reichst, als wenn du mit Augen einer Furie Verbrechen auffuchest, um wüthen zu können.

Lady Guthart

Geduld! Etwas muß ich mir ausdingen, das
wirst du mir wohl zu Gefallen thun?

Sir Guthart.

Wenn es bey mir steht, von Herzen.

Lady Guthart.

Ja, bey dir stehts allein. Es ist eine lum-
pichte Kleinigkeit, die dich nichts kostet; eine Grille, die mir so durch den Kopf fährt. Schenke diesen
Tag mir, und geh nicht von Hause.

Sir Guthart. (empfindlich auf Manloven blickend.)

Eine wunderliche Grille, wahrhaftig. Ohne
fremden Rath wäre sie dir vieleicht nicht gekommen.

Lady Guthart.

Du irrest. Manloven mags wohl gleichviel
gelten, ob du zu Hause wärst. Aber mir, ich
gestehe dirs, mir ist es mehr als gleichgültig.

Sir Guthart.

Ich will bey dir seyn, so viel thunlich ist.
Doch du wirst mich ja nicht einkerkern wollen?
Es könnte leicht kommen, daß es nothwendig würde, einen Gang zu thun. Müßt ich etwa sagen,
ich

ich hätte von meiner Frau nicht Erlaubniß dar=
zu?

Lady Guthart.

O wie leicht wäre da Rath zu finden, wenn
du wolltest! Genug, soll ich dich darum bitten?
Mir ahndet ein Unglück für dich, wenn du heute
von Hause gehst. Verspare mir diese Besorg=
niß. Ahndungen sind nicht allezeit zu verachten.

Sir Guthart.

Eben besinn ich mich, daß ich einen Besuch
auf heute versprochen. Nur eine Stunde will ich
mir ausdingen, und dann soll ganz für dich der
übrige Tag seyn.

Lady Guthart.

Eine Stunde! Ich verstehe dich. Gieb mir
diese Stunde, gieb sie mir; und behalt dir den
übrigen Tag.

Sir Guthart.

Wie launisch! Soll ich dann meinem Freun=
de das Wort brechen? Soll ich ihn umsonst war=
ten lassen?

Lady Guthart.

Deinen Freund? – gut: laß mich mit dir
kommen.

Sir Guthart.

Unmöglich. Ich habe Geschäfte mit ihm ab=
zumachen, wichtige Geschäfte, wobey eine Frau – –

D   Lá=

Lady Guthart.

Nicht Zeuge seyn darf? Hab ichs errathen?
O leugne mirs nicht: schweig; ich will dir die Lüge
ersparen. - - Wohl! du hast deine Freyheit! geh
nach deinen wichtigen Geschäften. - Laß ihn nicht
warten, deinen Freund! - - - - Wie thöricht wars
nicht von mir, so etwas zu verlangen? Dacht' ich
nicht, daß du Gänge zu thun hast? Und eben, weil
ichs dachte, weil ich wünschte, du thätest sie nicht,
kam mir das Wort heraus, du solltest bey mir bleiben. - - Du bey mir bleiben? bey mir! - Wer
bin ich dann? Weiter nichts als dein Weib. - -
O itzt seh' ich ganz die Unmöglichkeit meines Be-
gehrens. Mir bist du freylich nichts schuldig.
Du hast dich anderswo verheißen! Du mußt dein
mannliches Wort halten! - - Hast du mir keines
gegeben? Oder weißt du, was Wort halten
heißt? - - O wer zweifelt daran? Aber thun ist
besser als wissen. (Zu Manlove.) Manlove! Sie
wollten ihn auch zurückhalten. Ich danke für Ihre
fruchtlose Bemühung; aber da hilfts nicht. Sie
müssen ihn aufgeben! er ist Ihrer Freundschaft
nicht werth. Lassen Sie ihn stürzen ins Unglück;
Sie halten ihn doch nicht. (Sir Guthart will sie
besänftigen, sie stößt ihn zurück.) O laß meine Hand
los! Was sollen diese Zierereyen all? Sie täuschen
mich doch nicht. Spare die Possen dahin, wo sie
dich keinen Zwang kosten. - - Wie man dir an-
sieht, daß du mit mir in Verlegenheit bist! Ich
will dir daraus helfen. Du sollst mich nun heute
nicht

nicht sehen. Aber nimm dich in Acht. Du weißt, was ich dir sagte : - und Ahndungen sind nicht allezeit zu verachten. (Sie geht.)

V. Auftritt.

Sir Guthart. Manlove.

Manlove.

Da hast du wieder deine Sache gut gemacht. -- Wie du mir doch alle Freude verderbst! Fieng ich schon an, die herrlichsten Aussichten über eure Versöhnung zu träumen. Der Himmel selbst schien es gefüget zu haben. Dein Weib, die selten so nachgiebig ist, hatte den ersten Schritt schon gethan: und du lässest es auf ein Lumpending ankommen, das kaum einer Rede werth ist. -- Ich möchte bös über dich werden. Du hast Unrecht, groß Unrecht, Freund!

Sir Guthart.

Freund? -- -- O möcht' ich es dir nie gewesen seyn, wenn du so deinen Freunden vergiltst! -- Unbarmherziger Mann! unter dem Scheine der Freundschaft pressest du mir alle verborgne Geheimnisse meines Herzens ab: du lässest sie mich vertraulich in deinen gefühllosen Busen ausgießen; und gehst mit kaltem Blute von mir, und verräthst sie dort, wo sie mir schaden können. -- -- Dieß fehlte noch zur Fülle meiner Leiden, an meinem Freund einen Verräther zu finden.

D 2 Man-

Manlove.

Du haſt wieder Unrecht. Ich habe nichts ver=
rathen. Hätteſt du das von mir denken ſollen?
Aber ich wills dir nicht übel nehmen: man wird
mistrauiſch, wenn man kein gut Gewiſſen hat.
Dein Weib kam eben zu mir, vieleicht in der Ab=
ſicht mich zu erforſchen. Sie hat aus den Reden,
die heute im Garten von der Wittwe gegangen
ſind, Argwohn geſchöpfet über deine Bekannt=
ſchaft. Ich ſuchte ſie ſicher zu machen, und ver=
ſprach, du würdeſt die Wittwe wohl nicht zu ſehen
verlangen, wenn du mir folgteſt. Sie war zufrie=
den mit meinem Worte: aber dein Eigenſinn,
ſchwindlicher Kopf, wird mich zum Lügner ma=
chen.

Sir Guthart.

So hätteſt du wirklich nichts verrathen? —
Deine Hand auf die Bruſt! (Manlove thuts:) —
und itzt verzeih mir, ich bitte dich, daß ich dir zu
viel that.

Manlove.

Was brauchts dieſe Umſtände mit mir?
Möchteſt du alles ſo leicht wieder gut machen, als
mich! Aber das gröbſte mit deiner Frau haſt du
verdorben. - Ein Weg iſt dir übrig. Thu frey=
willig, was du ihr zuvor verweigert haſt: bleib
zu Hauſe dieſen Tag. Sie wirds gut von dir auf=
nehmen, und vieleicht beſſer, als wenn du's aus
Zwange gethan hätteſt.

Sir Guthart.

Ich kann nicht , Freund; ich kann nicht. Würd' ich so viel darauf bestanden seyn , wenn's anders möglich wäre? - - Laß dir wieder was vertrauen , das du nicht weißt. - Aber das bitt' ich mir aus : keine kaltblütigen Vorstellungen, keine Vorwürfe; dieß kömmt alles zu spät, und findet hier keinen Eingang . - - Der Besuch, den ich vorhabe , den ich wirklich versprochen , und geben muß, ist eben bey Lucy. - - Ich bitte dich, sag' mir kein Wort. Einmal ich muß sie sprechen , wenn mein Leben darauf stünde ; nur einmal , - Abschied auf ewig von ihr zu nehmen. Dann will ich dich klüger seyn lassen, als mich; will meine Seufzer in mich schlucken, und folgen, wie ein Kind unter der Ruthe.

Manlove.

Du willst sie sehen ? sie sprechen ? - Gut , verblendeter Mann! Laß mich nur zuvor die letzte Pflicht eines Freundes an dir thun : höre noch einmal meine warnende Stimme; dann verlaß mich, und geh, in den Abgrund zu stürzen , von dem ich dich zurückrufen wollte. - - Was suchest du bey deiner Lucy? was hoffst du von ihr ? was wirst du gewinnen , wenn du sie gesprochen hast ? Werden dir die Bande , die deine Hand fesseln, weniger lästig , weniger unzertrennlich , weniger heilig bleiben ? Findet wohl dein Herz seine Ruhe , wenn du ihr vieleicht auch die ihrige raubst ? - Mein! gieb der Vernunft wieder Platz. Sieh auf die Fol-

D 3   gen

gen deines Besuches. Was wird das Ende seyn?
Ich will dirs sagen: unausstehlicher Gram, Reue
Verzweiflung; oder vielleicht Verbrechen, Gewiss-
sensbisse, und Schande. - Schau hinab in den
reißenden Strom, eh du muthwillig hineinspringst,
ohne zu wissen, ob du wieder herausschwimmen
wirst. Itzt bist du noch am Gestade: einen
Schritt vorwärts, so bist du verschlungen. - - Du
wirst bedächtlich. Wohl! nun hast du gewonnen,
wenn du dir Zeit nimmst, darüber nachzuden-
ken. - - Ich hoffte wohl immer von dir, daß du
ein Mann bliebst. Freund, ich wünsche dir Glück:
du bist geborgen.

Sir Guthart.

Nein, Manlove, ich bins nicht. - Wenn ich
eins nicht gethan hätte! - Aber der Schritt ist
geschehen. Sie weis, was ich empfinde; sie weis
es: ich hab ihrs geschrieben. - Nun muß ich ihr
Wort halten. Ich warte eben auf Antwort.

Manlove.

Geschrieben? - und fühltest du nicht, daß
es übel gethan war, weil du mirs verbergen mußtest? - - Guthart! wenn du den Brief wieder
hättest, was würdest du machen?

Sir Guthart. (Nach einigem Nachdenken.)

Dem Himmel danken, der mich vor einer
gefährlichen Schwachheit bewahret hätte.

Man-

Manlove.

Iſt es dein Ernſt? - - So magſt du dan=
ken: - hier haſt du ihn zurück.

Sir Guthart.   (betroffen.)

Zurück? von Lucy zurück? - - Sage, wie
kam er an dich?

Manlove.

Sey zufrieden, daß er nicht in andere Hände
gekommen iſt.

Sir Guthart.

In andere Hände? - Wer muß ihn gebracht
haben? - - Jámes! Jámes! wo bleibt er ſo lan=
ge? Noch nicht gekommen! - - Ja; ſie weis ſi=
cher, daß ich gebunden bin; - will nicht leſen, was
ich ihr ſchreibe; - ſchickt mir auf der Stelle den
Brief ſtatt der Antwort ins Haus: indeſſen daß
mein Bedienter, der alte Schurke, langſam daher=
keucht, und ſich mit ſeinen Bekanntſchaften ver=
plaudert. - Gott! wie mich das auf einmal nie=
derſchlägt! - Lucy, meine Leiden rühren dich nicht!
Hat das meine Liebe verdienet? -- -- -- Itzt muß
ich mich faſſen lernen: ich muß ſie vergeſſen, die
Unbeſtändige. -- Zwar vergeſſen müßt' ich ſie al=
lemal; aber nun wird's vielleicht eher geſchehen: --
vielleicht auch nicht; beleidigte Liebe gräbt ſich
zum allertiefſten in's Herz.

Manlove. (vor ſich.)

GottLob, daß ers von dieſer Seite nimmt!
Ich will ihn auf ſeinem Jrrthume laſſen. Viel=

D 4   leicht

leicht fruchtet das mehr, als die Stimme der Wahrheit.

Sir Guthart.

-- Und dennoch muß ich ihr noch einmal schreiben. Sie hat mein Bildniß; das will ich zurückfodern.

Manlove.

Thu das; aber mit Vernunft: ohne verliebte Klagen, ohne Vorwürfe. -- -- Hier setze dich nieder. Mit vier Worten ists gethan. Ich will ihr selber den Brief bringen.

Sir Guthart.

Du erweisest mir eine Gefälligkeit. Den Bedienten mödte sie nicht wieder vor sich lassen. Dich kennet sie nicht: und du bist besser im Stand, auf den Grund ihres unbeständigen Herzens zu sehen. --

Manlove.

Geh nur, und schreib: ich will alles thun, um dich zu befriedigen. (vor sich.) Treib' ich aber die Verstellung nicht bis zum Betruge? Einmal, hier muß mich bloß die Absicht entschuldigen. Wie ist anders zu helfen? Wer weis, ob nicht das Weib eben so zärtlich ist, als er? und da würden die guten Leute mit ihrer Zärtlichkeit sich nur unglücklich machen, wenn sie zusammen kämen. Vieleicht kann ichs verhindern, und Rath finden, daß beyden geholfen wird. -- Gütiger Himmel! laß mir doch

mein

mein Vorhaben gelingen, einer verlaſſene Wittwe Gutes zu thun, und einem Freunde die Ruhe wieder zu geben.

Sir Guthart.

Ja, ſo wirds am beſten ſeyn. Höre, was ich ihr ſchreibe: „ Meine Lädy! Sie werden Sich erinnern, daß ich Ihnen bey ihrer Abreiſe von Londen mein Porträt zum Andenken ließ. Unſre Verhältniſſe haben ſich verändert. Es könnte mir oder Ihnen Verdruß verurſachen, wenn man es hier bey Ihnen ſähe. Der Ueberbringer, der mein Freund iſt, ſoll es von Ihnen empfangen. Die Erinnerung an unſre ehemalige Freundſchaft kann Ihnen gleichgültig ſeyn; und mir iſt ſie es nun auch geworden. Leben Sie wohl. Ich bin mit jener Hochachtung, die Sie verdienen, Karl Guthart ". - -- Hier haſt du das Blat unverſchloſſen; will ſie es nicht annehmen, ſo lies ihr den Inhalt vor.

Manlove.

Verlaß dich auf mich.

Sir Guthart.

Weißt du das Gaſthaus? zum Löwen, hinter der Paulskirche.

Manlove.

Genug; ich wills wohl finden. -- Noch eines, - daß ich das nicht zurücklaſſe. Meine Brieftaſche; und hier meinen Stock.

D 5

Sir Guthart.

Manlove! Du kommst doch bald wieder?

Manlove.

So bald mein Geschäft verrichtet ist. (Er geht.)

VI Auftritt.

Sir Guthart. (allein.)

Möcht' ich doch zugegen seyn können, und sehen, wie sie sich anläßt, wenn sie da den Brief von mir liest! - Ob sie wohl das Porträt zurückgeben wird? ob sie es noch hat? So kleine Dinge sind leicht verloren, wenn man einmal das Original vergessen will. - Lucy! wer hätte mir das von dir sagen sollen? Nach langer Trennung bringt uns das Schicksal wieder zusammen; und du willst nichts von mir hören! willst keinen Besuch von mir annehmen! - Aber was will ich sie anklagen? Hat sie nicht Ursache genug, sich über mich zu beschweren? Hab' ich nicht das ärgste von ihr verdient? - Ich war treulos an ihr: sie war mir noch nichts schuldig. - Nun da sie erfahren hat, daß meine Hand nicht mehr mein ist; daß sie mein Herz nicht mehr besitzen kann; - will sie mir den Vorwurf ersparen, den ich bey ihrem Anblicke fühlen müßte. - Was wird sie nicht selbst dabey leiden! - - Und ich mußte mich itzt von der Hitze meiner Empfindlichkeit übereilen lassen, ihr so zu begegnen, als wenn mir Unrecht geschähe! War nicht alle Schuld mein? - O was hab ich gethan?

than? - - Manlove! - Manlove! - Er ist gegangen. Ich muß ihm nacheilen, den Brief wieder zurückhaben, und dann - - - Ist mir geholfen? -
Besser, ich laß es geschehen, und warte, wie sie das
aufnimmt. Nach ihrem Bezeigen kann ich meinen
Entschluß fassen.

VII. Auftritt.

Sir Guthart.| Jämes.

(Jämes gucket bey der Scene herein, und ruft
leise.)

Sir Manlove! - Sir Manlove!

Sir Guthart.

Wer ruft da? - Hola, Jämes! komm herein. - - Komm her, sag' ich dir. Was suchst du?

Jämes. (betroffen.)

Verzeihen Sie, Sir! ich wußte nicht - - -
Ich glaubte Sir Manloven zu finden. Er hatte
mich herbeschieden.

Sir Guthart.

Was soll das heißen? Was hast du für Heim-
lichkeiten mit Manloven? Ich dächte, du solltest
nach mir suchen. Hast du mir nicht Antwort zu
bringen?

Jämes.

Bester Herr! wissen Sie dann nicht - -

Sir Guthart.

Was soll ich wissen, eh du mir sagest, wie das
Ding

Ding hergieng? -- Hast du selbst mit ihr gesprochen? Wie war ihre Miene, als sie den Brief
nahm?

James.

Mit Erlaubniß, Sir, wen meynen Sie da?
etwa die Fremde?

Sir Guthart.

Wen anders, einfältiger Mensch!

James.

Die hab' ich ja mit keinem Auge gesehen.

Sir Guthart.

Hat sie dich nicht vorgelassen? Wer nahm dir
also den Brief ab?

James.

Im Gasthause? Niemand. Wissen Sie dann
nicht, daß Sir Manlove. -- -- --

Sir Guthart.

Nun ja: den Brief empfangen hat, als er
von der Lady zurückkam?

James.

Das hat er Ihnen gesaget!

Sir Guthart.

Ja doch! ja doch! zwar nur mit halben Worten, wie man böse Bothschaften sagt; aber so, daß
ich es errathen mußte.

Jä-

Jámes.

Ey, das kann er unmöglich gethan haben. Ich weis, wie sehr Manlove von Lügen ein Feind ist; und das wäre wohl eine Lüge.

Sir Guthart.

Du machst mich toll, Kerl! Willst du mir weiß machen, sie habe ihn behalten? Ihr müßt einerley sprechen, wenn ihr betriegen wollt. Ist hier nicht mein Brief? Wo wär er dann hergekommen?

Jámes.

Sir! ich glaube vielmehr, daß er nicht hingekommen ist.

Sir Guthart.

Wie! so warst du nicht dort mit dem Briefe?

Jámes.

Ich nicht. Sir Manlove hat es mir verboten: er nahm mir den Brief ab.

Sir Guthart.

Ehrvergessener Schurke! was hast du gethan? Rede, was hat dich bewogen, einen Brief, der mir so wichtig war, in andere Hände zu geben? Mußtest du in deinem Alter an deinem Herrn noch untreu werden?

Jámes.

Nein, Sir! das wollt ich um alle Welt auf meiner armen Seele nicht liegen haben. Untreu
bin

bin ich an Ihnen nie gewesen; mit meinem Willen gewiß nicht. Sir Manlove verlangte den Brief: er wußte schon alles. Ich sperrte mich lang; aber er sagte, daß ihr ganzes Heil davon abhienge. Und weis ich nicht, wie gut ers mit Ihnen meynet? Hätt' ich ihm wohl nicht glauben sollen?

Sir Guthart.

Ha Manlove! itzt hab' ich gesehen, was deine Absichten sind. Muß ich endlich doch einen Treulosen an dir finden! Wie man mich an dem Seile herumspielt, Und du Elender, hilfst auch zum Komplot? So bin ich ganz von Verräthern umgeben! — — Fort aus meinem Gesichte!

James.

Sir, machen Sie mit mir, was Sie wollen: aber ich bitte Sie, von dem Verdacht der Verrätherey sprechen Sie mich los. — Ich dummer, leichtgläubiger Teufel! daß ich auch den Brief aus Händen gab! Aber wars nicht ihr Freund, Sir? Sagt er mir ja, daß es zu Ihrer Wohlfahrt abgesehen sey. Und bey Gott! da wollt' ich mit Freuden meinen alten Graukopf heruntergeben, wenns um ihre Wohlfahrt zu thun wäre.

Sir Guthart

Ehrlicher Kerl! ich glaube dir, daß du es aus Bosheit nicht gethan hast. Aber Manlove, Manlove hat mich betrogen. — Wie er von der Sache denkt, mag ers gut gemeynt haben; aber ich danke ihm nicht. Gut, daß ich ihm noch zeitlich genug hin-

hinter das Spiel kam! Er soll sich nicht lang seiner Anschläge freuen: ich will sie vereiteln. Noch wird zu helfen seyn. Ich gehe den Augenblick selber. Du kommst mit mir, James? -- Nein, du bleibst zurück; allein will ich gehen. -- Sage Niemanden, daß ich gegangen bin. Es ist keiner Seele zu trauen. Merke dir das. (Er geht.)

James.

Ja, das will ich gewiß. -- -- Und doch kann ich mir nicht in den Kopf bringen, von Manloven böse Streiche zu denken. Geduld! es wird sich wohl aufklären, wer Recht, oder Unrecht hat. (Er geht auch.)

Drit

Dritter Aufzug.

(Ein Zimmer im Gasthause.)

I. Auftritt.

Lady Hopeleß. Robert.

Lady Hopeleß.

Wie ich Ihnen sage, Herr Wirth: Sie können den Schlüssel von diesem Zimmer zurücknehmen. Ich habe Raum genug in dem kleinern, das hier anstößt.

Robert.

Behalten Sie es doch, Lady, so lang ichs nicht brauche. Sie sollen mir nichts dafür bezahlen. Es geht auf die Straße: und weil Sie allein sind, so können Sie doch manchmal am Fenster sich die Zeit vertreiben.

Lady Hopeleß.

Eben deßhalben steht mir das andere besser an, weil es abgelegen, und ruhig ist. Dort kann ich mich ungestört mit meinen Gedanken und mit meiner Arbeit beschäfftigen.

Robert.

Oder Ihren Thränen freyern Lauf lassen? Nicht wahr, meine Lady, das ist auch eine von Ihren Absichten dabey? — Wahrhaftig, ich bedaure ihr Schicksal von Grund meines Herzens. In Ihren Jahren fällts hart, einen Mann zu verlieren:

lieren: und ich lobe mir die Frauen, die nicht
gleich ihren Schmerz beym Grabe zurücklassen.
Aber, wenn ich doch Erlaubniß habe, nach meiner Einfalt ein Wort zu sagen: Es hat in der
Welt alles sein Maaß; nicht zu wenig, und auch
nicht zu viel. - Die Zeit wird Rath schaffen.
Giebt es ja noch Männer genug in England; und
so wahr ich lebe, ich wünsche Ihnen den Besten
darunter. (Lády Hopeleß will gehen.) Ha, ha, ha,
bleiben Sie nur. Ich wollte Sie aufmuntern;
aber ich schweige, weil Sie nichts davon hören wollen.

Lády Hopeleß.

Ist von meinem Oheim noch keine Antwort
gekommen?

Robert.

Keine, daß ich wüßte. Mir ist leid für Sie,
daß Sie just mit einem Manne zu thun haben, der
sich lieber ein Stück von seiner geizigen Seele schnei-
den ließe, als Geld herausgeben, das er einmal in
seinen Klauen hat.

Lády Hopeleß.

Die Sache leidet gar keine Schwierigkeit.
Es könnte nichts klärer seyn. Das Kapitálchen,
das er in Händen hat, war von meiner Mutter
eben für den Fall bestimmet, daß ich nach dem
Tode meines Manns ein kleines Auskommen
hätte.

E   Ro=

Robert.

Alles richtig: aber es wird Sie noch viel ko= sten, eh Sie das Ihrem Oheim begreiflich machen. Vielleicht müssen Sie wohl darum rechten. Und da, nehmen Sie mirs nicht übel, Lády, wär es doch gut, wenn Sie wieder einen Mann hätten, der sich Ihrer annähme. Mit dem Frauenzimmer ist in Rechtshändeln nicht viel ausgerichtet.

Lády Hopeleß.

Das wird meine Sorge seyn, Herr Wirth. Ich hoffe wohl, Freunde und Bekannte hier zu finden, die mir an die Hand gehen werden. – – So hart ich daran komme, muß ich mich endlich dennoch entschließen, einige Gänge zu machen. – Zwar, der Wohlstand erfoderte, daß ich nicht so allein ohne alle Begleitung erschiene.

Robert.

O wenn Sie das wollen, so wirds Ihnen ge= wiß an Begleitern nicht fehlen.

Lády Hopeleß.

Sie verstehen mich unrecht. Ich nehme kei= nen Begleiter an. Ein ehrliches wohlgezognes Mägdchen, das mit mir in der Einsamkeit leben wollte, und keine Bekanntschaften hätte, das ist alles, was ich brauche. – Die ich mit mir hieher brachte, konnte sich nicht entschließen, von ihren Aeltern entfernet zu bleiben. Ich mußte sie zurück= kehren lassen.

Ro=

Robert.

Also möchten Sie ein Kammermägdchen in
Ihrem Dienste, das still und sittsam wäre? da
will ich Ihnen eines zuweisen, das nach Ihrem
Wunsche nicht besser seyn könnte. Nun ist sie just
dienstlos geworden. Vor einer kleinen Weile war
sie hier bey meiner Frau: sie ist etwas verwandt
mit ihr. - Ich will sie nicht loben, weil sie mein
Bäschen ist: aber von ihrer Aufführung weis ich
nichts als rühmliches; und in der Arbeit, wie ich
höre, soll sie nicht bald ihres gleichen haben. - -
Ich will doch zusehen, ob sie noch unten ist; und
dann schick' ich sie zu Ihnen herauf. Da mögen
Sie selbst mit ihr sprechen. (Er geht.)

II. Auftritt.

Lady Hopeleß. (allein.)

Daß er nur fort ist, der ewige Schwätzer!
Aus lauter gutem Willen quält er mich oft mit seiner Gesellschaft, damit ich nicht allein sey; und ich
bin doch doch so gern allein. (Sie setzet sich nieder.) - - Gerechter Himmel! was hast du wohl
über mich noch beschlossen? - Deine Fügung hat
mich durch so viele bittere Scenen des Lebens
durchgeleitet, hat mich so bekannt mit dem Unglück
gemacht, daß mir auch der Gedanke der Zukunft
nichts als Leiden weissaget. - Ich will mich gefaßt dazu machen: ich will jede Hoffnung eines
bessern Schicksals in meinem Herzen unterdrücken. - - Zwar ist nicht die Hoffnung der einzi-

E 2   ge

ge Trost für Unglückliche? Aber sie muß doch vernünftig seyn. - Und was ist meine Hoffnung? - Ich mag mirs selbst nicht gestehen: schwach ist sie; schwach, wie mein Herz. - - Könnt ich dann nicht auf einmal der Sache gewiß werden? Könnt' ich nicht nach Umständen fragen, welche mir Licht gäben? - - Ich muß mich vor mir selber schämen: - wie ich ein Kind bin! - Ich fürchte den kleinen Funken meiner Hoffnung vollends auszulöschen, wenn ich es wagte, den Namen zu nennen, der mein Geheimniß verriethe. (Sie zieht ein Porträt heraus.) - - Guthart! - Guthart! - Wenn du nun so, wie du da bist, mit diesem zärtlichen Blicke, mit diesem Lächeln vor mir stündest, wie du vor dreyen Jahren vor mir gestanden bist; - und wiederholtest die Worte, die du mir dort vergeblich geschworen; - reichtest die Hand dar; - wolltest die meinige noch, die ich dir itzt geben könnte! - - Ach! diesen Traum muß ich aufgeben; er bringt mir zu viel ein. - Und doch vermag ichs nicht über mein Herz, ihn aus dem Sinne zu bringen. (Sie stecket das Porträt ein.) Fort, du verführerisches theures Bild! verbirg deinen lächelnden Blick. Ich will dich in einer andern Stellung vor mir denken: - wie du vieleicht in den Armen eines neuern Gegenstands, meiner Zärtlichkeit spottest; - und mit dem Finger auf mich zeigst, daß ich Thörinn mir geschmeichelt habe, das Herz eines Mannes in einer meilenweiten Entfernung zu behalten. - - Nein, Guthart! ich will dir nicht Unrecht thun. Verzeih mir diesen Gedanken von dir!

dir! - - Und wäre das etwan nicht möglich? - - Gott! wie es auch fallen mag, so ist mir diese kränkende Ungewißheit weit unerträglicher, als - - - Hör' ich nicht Jemand an der Thüre? - Wer ist da? (Betty tritt ganz schüchtern hervor.)

III. Auftritt.

Lady Hopeleß. Betty.

Lady Hopeleß.

Nur herein, mein Kind! verlangt Sie nach mir?

Betty.

Ich bitte um Vergebung, Ihre Gnaden! Es hat mich Herr Robert hiereingewiesen.

Lady Hopeleß.

Ist Sie vieleicht das Mägdchen, das Dienste sucht?

Betty.

Zu Ihrer Gnaden Befehlen.

Lady Hopeleß.

Die Titel muß Sie weglassen bey mir. Wie ist Ihr Name?

Betty.

Betty Danley.

Lady Hopeleß.

Komme Sie näher. (vor sich.) Ihre unschuldige Miene gefällt mir : (zu Betty.) Sie darf sich

E 3 nicht

nicht scheuen vor mir: ich bin keine so vornehme Dame., - Hat Sie Luft meine Gesellschafterinn zu werden?

Betty.

Sie werden sich irren, Lady! Ich wünsche nur irgendwo zur Bedienung unterzukommen. Ich bin ein armes Dienstmägdchen.

Lady Hopeleß.

Ich bin auch nicht reich. An Aufwartung hab ich mich nie viel gewöhnet. Aber weil ich allein bin, will ich nur eine gut geartete Person bey mir haben, die mir arbeiten hilft. So gut mirs geschieht, soll es ihr auch werden. Sie muß sich aber entschließen, bloß in meiner Gesellschaft ganz einsam zu leben. Kann Sie wohl das?

Betty.

Ja gewiß, Lady. Eine betagte Mutter, und itzt seit ein paar Jahren eine Frau, welcher ich wenig von der Seite kam, sind in meinem Leben alle meine Gesellschaft gewesen.

Lady Hopeleß.

So war der Ort, den Sie verlaffen, das erste Haus, wo Sie gedienet hat?

Betty.

Das erste: und ich werde nie des Guten vergeffen, das ich in diefem Hause genoffen.

Lády Hopeleß.

Das ist löblich gedacht. Aber warum ist Sie dann ausgetreten?

Betty.

Man hat mich fortgeschickt.

Lády Hopeleß.

Und die Ursache? Will Sie mirs wohl geste= hen?

Betty.

Warum das nicht? Ich hatte wohl keine Schuld dabey. Die Frau, wo ich diente, konnte mir nicht verzeihen, daß der Herr so gut mit mir war.

Lády Hopeleß.

So! hat es diese Bewandtniß? Je nun! vie= leicht ist es Ihr Glück, daß Sie aus dem Hause ge= kommen ist. Bey mir ist Sie dieser Gefahr über= hoben.

Betty.

Verzeihen Sie, Lády: ich habe nun freylich nicht viel Erfahrung; aber in meinem Leben hätt ich da keine Gefahr vermuthen sollen. Der Herr war mit mir nicht besser, als er mit allen Leuten im Hause war; die Leutseligkeit, die Freundlichkeit selbsten. Meine Mutter, die mich sonst vor allen Gefahren so fleißig warnete, befahl mir selbst, die= sem Herrn alles zu thun, was ich ihm an den Au= gen ansähe. Sie hat ihn gekannt; er hat ihr viel

E 4   Gu=

Gutes gethan; und Jedermann, der ihn auch nur einmal gesehen, mußte ihn lieb haben.

Lady Hopeleß.

Wie heißt dann dieser liebenswürdige Mann? Vieleicht ist er mir sonst auch bekannt gewesen.

Betty.

Karl Guthart.

Lady Hopeleß. (mit Heftigkeit.)

Karl Guthart? Hab ichs recht verstanden? Karl Guthart? - - Mägdchen! ich muß dich küssen, weil du mir diesen Namen genannt hast. - - (Sich fassend.) Gott! wie werd' ich meine Verwirrung vor ihr verbergen? (zu Betty.) Verzeihe Sie mir diese Uebereilung, liebes Kind! Das machte die Freude, daß ich von ihm wieder was hörte; denn ich muß Ihr nur sagen: wir sind etwas zusammen - - befreundet. - - Also wenn es ihr ansteht, so hat es damit seine Richtigkeit: Sie bleibt bey mir. - Und itzt vor allen Dingen auf Karl Guthart zu kommen: Er hat eine Frau?

Betty.

Ja Lady; aber vieleicht wär es ihm besser, er hätte sie nicht.

Lady Hopeleß.

Wahrhaftig, das hat ein Engel gesprochen: besser, er hätte sie nicht! - - Aber nun hat er sie, möchte sie wohl wieder los werden, der Flatterhaf-
te,

te, und muß sie behalten. Mag er sie haben zu seiner
Strafe!

Betty.

Lády, ich spreche nicht gern Böses von meiner Herrschaft: aber wenn Sie wüßten, wie viel
der gute Sir von seiner Frau ausstehen muß, so
würden Sie ihn gewiß bedauren.

Lády Hopeleß.

Ja; bedauren will ich ihn: das bin ich ihm
schuldig. Er hat mirs auch gethan, als er mich
unglücklich wußte. Aber was half mir dort sein
Bedauren? Was hilft ihm das meinige? - - Sage Sie mir, Betty: So liebt er seine Frau nicht?
hat er sie nie geliebt?

Betty.

Mir ist es nicht zugestanden, das zu untersu-
chen. - - Mich dünket, man kann sich wohl Zwang
anthun, so eine Frau zu übertragen; aber, wenn
ich die Wahrheit sagen soll, lieben kann man sie
nicht viel.

Lády Hopeleß. (vor sich.)

Unglücklicher Guthart! du hattest keine Mutter, die dich ihrem Ehrgeiz aufopferte; du warest
Herr deiner Wahl: und wie übel mußtest du wählen! - - (zu Betty.) Genug, mein Kind! Ich
habe vergessen Ihr zu sagen, daß ich morgen von
hier reise. Will Sie da meine Begleiterinn seyn? -
Wie! warum kommen Ihr Thränen in die Augen? Hat Sie hier etwas, das Sie zurückhält?

E 5   Bet-

Betty.

Lády! ich habe eine Mutter, die ich hart verlaffen würde.

Lády Hopeleß.

Glückliches Mägdchen! Sie hat doch Jemanden noch, der Ihr nahe geht: ich hab itzt auf der
weiten Welt keine Seele mehr, die sich um meinetwillen bekümmert. - Betty! ich wünschte Sie
bey mir zu behalten. Vielleicht willigt Ihre gute
Mutter darein. Ich will sie noch selbst darum bitten. Indessen kann Sie zu Ihr gehen, und sie darauf vorbereiten. Dann erwart ich Sie hier wieder. Itzt möcht' ich allein seyn. (Betty macht eine
Verbeugung, und geht.)

IV. Auftritt.

Lády Hopeleß. (allein.)

Himmel! wie hat sich in einer Minute für mich
alles verändert! Soll ich den Zufall segnen, oder
verwünschen, der mir entdecket hat, daß ich ohne
alle Hoffnung unglücklich bin? - Guthart meiner
vergessen! - der Schwüre vergessen, auf die ich
mein Glück baute! - - O ich leichtgläubiges
Weib! wie konnt' ich so willig seyn, mich in an-
genehmen Träumen einzuwiegen, die ich doch für
nichts als Träume hielt? Itzt bin ich auf einmal
wach geworden; und doch wünschet' ich fortträu-
men zu können. - - Elendes Herz! was hörst du
nicht auf, für einen Ungetreuen zu schlagen! -

Zwar

Zwar, wie kann ich ihn ungetreu heißen? Wie
hätt' ich es fodern können, daß er seinen übereilten
Verſprechen getreu bliebe, die ich doch von ihm
nicht annehmen dorfte? - Klüger als ich, hat er
ſich von einer unglücklichen Liebe losgemacht; und
nur in meinem Herzen blieb ihr Stachel zurück. - -
O Guthart! du liebſt mich nicht mehr. - Könnt'
ich zu meiner Ruhe das nämliche ſagen! - Zum
wenigſten muß ich mich gefaßt darauf machen,
und nur eine ewige Entfernung - - -

V. Auftritt.

Lady Hopeleß. Manlove.

Manlove. (hinter der Scene.)

Was brauchts dieſe Umſtände? Ich will
mich ſchon ſelber melden. (Er kömmt hervor.) Guten Tag, Frau! biſt du Lucy Hopeleß?

Lady Hopeleß.

Das bin ich, mein Herr! Aber Sie, wenn
ich fragen darf, wer ſind Sie? was verlangen Sie
von mir?

Manlove.

Mein Name thut nichts zur Sache: doch darf
man ihn wiſſen. Ich heiße Manlove. - Setze
dich: ich will es auch ſo machen; denn ich habe viel
mit dir zu ſprechen. (Er ſetzet ſich neben dem Tiſche.)

Lady Hopeleß. (vor ſich.)

Ein wunderlicher Mann! Ich muß wohl ſeinen

nen Willen thun. (Sie setzet sich auch.) - Spre=
chen Sie : ich höre Sie an.

Manlove.

Deine Umstände sind mir bekannt. Du bist
nie glücklich gewesen. Ich weis, daß du es besser
verdienet hättest: und das ist mir genug, daß ich
wünschen möchte, dein Schicksal zu verbessern.
Vieleicht kann ich es auch, wenn du dir willst hel=
fen lassen.

Lädy Hopeleß.

Mein Herr! -- Ich kenne Sie nicht. - Ich
bin beschämt - - -

Manlove.

Du hast nicht Ursache beschämt zu seyn. Das
überlaß deinem Oheim, deinen Verwandten, die
dich nicht kennen wollen, weil du Hülfe bedarfst. -
Aber itzt laß mich ausreden, Frau! und hernach
will ich auch deine Meynung vernehmen.

Lädy Hopeleß.

Ich unterbreche Sie nicht.

Manlove.

(Er zieht einen Beutel und seine Brieftasche her=
aus.) Hier sind hundert Guineen: - hier eine
Banknote; - und da eine andere. Das wird
ohngefähr zu deinem Auskommen hinreichen. Feh=
let es, so will ich daraufsetzen. - Nimm es zu dir. -
Mache nur mit mir keine Ziererehen: ich bin ein
Feind von allen vergeblichen Umständen. -

Was

Was braucht es viel Wesens? Du haſt es vonnö=
then; und ich kanns ohne Beſchwerniß entbehren.

Lády Hopeleß.

Ich bin voll Erſtaunen über Ihre edle Den=
kensart: aber verzeihen Sie, mein Herr, ſo weit
iſt's mit mir nicht gekommen, als man Ihnen et=
wan geſaget hat. Ich leide noch keine Noth. Der
Himmel hat mir Geſundheit und Luſt zur Arbeit
geſchenket; und ich habe das Vertrauen, daß er
mich dadurch vor Mangel beſchützen werde. Es
giebt weit Elendere, die Sie durch Ihre Wohltha=
ten aufrichten können. Mit der lebhafteſten Em=
pfindung danke ich für Ihre Großmuth; aber ich
werde ſie nicht misbrauchen.

Manlove.

Mache mich nicht verdrießlich mit deinen
Aengſtigkeiten. - Nu meinetwegen: ſo geb ich
dir das in Verwahrung, weil ich gut von dir
denke. Wenn du Ueberfluß daran haſt, ſo magſt
du ihn ſelber mit Dürftigern theilen. Und kömmt
der Fall, wo du es brauchen kannſt, ſo danke der
Vorſicht, die allerley Wege hat, für uns zu ſor=
gen. - - Aber du mußt mir auch was dafür zu
gefallen thun. Ich verlange zwey Dinge von
dir: - daß du dich bald von Londen entferneſt; -
und daß du mir etwas zurückgiebſt, ſo du mit
Rechte nicht behalten kannſt.

Lády Hopeleß.

Ohne die großmüthigen Geſchenke, die ich nicht

Ank

annehmen darf, bin ich bereit alles zu thun, was
Sie mir vorschreiben wollen; denn Ihr ganzes
Betragen überzeuget mich, daß Sie es zu meinem
Nutzen meynen. - Was das erste betrift, so be,
daure ich, daß ich Ihnen kein größeres Opfer dar,
mit machen kann. Meine Abreise von hier war
ohnedas auf Morgen schon festgesetzt. - Ueber den
zweyten Punkt müssen Sie Sich besser erklären.
Ich verstehe Sie nicht. Mir wäre leid, wenn ich
das geringste mit Unrecht besäße. Aber fodern
Sie, was ich habe: mit Vergnügen will es aus,
liefern.

Manlove.

Du hast ein Andenken von einem Manne, den
du vergessen mußt. - - Itzt hast du mich verstan,
den: ich seh es an deiner Verwirrung. (Er steht
auf.) Ich will sie nicht vermehren durch meine Ge,
genwart. Gieb mir sein Bildniß, und ich gehe
den Augenblick.

Lady Hopeleß.

Hier ist es. (Sie hält es in der Hand.) Ja,
Guthart! von dir waren mir diese Wohlthaten zu,
gedacht: ich hätte dich an diesem Zuge kennen sol,
len. Wer denket so edel als du? (zu Manloven.) -
Aber eh ich Ihnen das gebe, nehmen Sie zuerst
seine Geschenke wieder auf. Itzt beleidigen Sie
mich doppelt, wenn Sie mir die Niederträchtigkeit
zumuthen, sie zu behalten.

Man,

Manlove.

Frau, du irreſt. Guthart iſt mein Freund. Durch das, was er mir vertrauet hat, hab ich dich kennen lernen. Aber er weis nichts von allem, was ich da vorhabe: er ſoll es auch nicht erfah= ren. -- Nimm dieſen Plunder, und ſey glücklich darmit. Ich gäbe noch mein ganzes Vermögen darzu, wenn auch ihm geholfen wäre. - Itzt weißt du, ſo viel du wiſſen mußt; ich kann mich länger nicht aufhalten. -- Gieb das Porträt, und denke nicht mehr an den Mann, den es vorſtellet. (Sie giebt es Manloven. Sir Guthart, der die letz= ten Worte gehöret hat, fährt herein, und reißt es ihm aus der Hand. Lady Hopeleß leget es nachmals auf den nebenſtehenden Tiſch.)

VI Auftritt.
Die Vorigen. Sir Guthart.
Sir Guthart.

Nein, nein, Verräther! -- Lucy! nimm es zurück! -- Lucy! wir ſehen uns wieder!

Lady Hopeleß.

Himmel! was hör ich? -- Sind Sie es, Guthart? -- Was wollen Sie hier?

Sir Guthart.

Das will ich, (fällt nieder) zu deinen Fü= ßen mich niederwerfen, und trotz aller Welt ſagen, daß ich ewig, ewig dich anbethe.

Man=

Manlove. (vor ſich.)

Alles iſt verloren: ich weis keinen Rath mehr.

Lady Hopeleß.

Hören Sie auf, ich bitte Sie, dieſe Sprache mit mir zu reden. Bedenken Sie Ihre Verbindlichkeiten. Wir müſſen uns nicht mehr ſehen. Laſſen Sie mich.

Sir Guthart.

(Steht auf, und hält ſie bey der Hand.)

Bey Gott, ich laſſe Sie nicht, eh Sie mich angehört haben. -- Lucy! Sie kennen mein Herz: es iſt nicht verändert. Der Mann hat mich hintergangen, und Sie, wenn er anders geſagt hat. Ich verleugne den Brief, den er mir durch Betrug abgepreßt hatte. -- Wo iſt er? Ich muß ihn zurückhaben, daß ich an ihm das Andenken meiner Uebereilung vertilge.

Lady Hopeleß.

Wovon ſprechen Sie, Guthart? Ich weis keinen Brief.

Manlove.

Hier haſt du ihn wieder. Ich wollte nur dann Gebrauch davon machen, wenn andere Vorſtellungen zu ſchwach geweſen wären. Aber ich fand ſie bereit, einen Ort zu verlaſſen, wo ich durch ihre Gegenwart das äußerſte Unglück für dich vorausſah. -- -- Freund! meine Anſchläge waren nur auf dein Wohl abgeſehen: du haſt mir alle ver=

vereitelt. Aus blinder Leidenschaft eilest du deinem Verderben entgegen. (zur Lady.) Frau! nun ist all meine Hoffnung auf dich. Du hast gesehen, was ich dir nicht sagen mochte. Eine unsinnige Liebe hat sich seiner bemächtigt. Sie wird aufhören, wenn du ihr die Nahrung entziehst. Hilf mir ihn retten, und flieh!

Sir Guthart.

Grausame! was habet ihr vor? wollt ihr mich tödten? Traget mit meinem Zustande Mitleid. - Manlove! wenn du mein Freund bist, besteh nicht darauf, mir sie zu entreißen, eh sie mich angehört hat. -- Lucy! vergönne mir diese letzte Unterredung mit dir. Laß mich noch einmal deine Hand, diese Hand, die ich nicht werth war, in die meinige drücken. Laß mich die zarten Empfindungen meines Herzens noch einmal hier ausgießen: dann will ich Abschied nehmen von dir, und in meiner Verzweiflung versinken. -- Ach! verbirg mir dein Angesicht nicht. Laß mich nur in deinen Augen alle Vorwürfe lesen, die du mir machen kannst. Aber ich bitte dich, Lucy, hasse mich nicht. Ich bin mehr unglücklich als strafbar. -- Hab ich dich ehmals gehasset, als die Unmöglichkeit dich zu besitzen auf deiner Seite war? -- -- Nein, Beste deines Geschlechts, du hassest mich nicht. Ich hab' sie gesehen, die Thräne, die du verbergen wolltest: für mich ist sie geflossen -- für mich! -- -- -- Hab ichs auch verdienet, daß du an meinem Schicksale Theil nimmst? Du solltest mir nim-

F

nimmer vergeben, was ich mir selbst nicht vergeben kann.

Lady Hopeleß. (voll Bewegung.)

Beruhigen Sie Sich. -- Was hilft Ihnen auch die Erinnerung an ein unglückliches Weib, das zu Ihrer Quaal gebohren ist? -- Guthart! hätten wir uns niemals gekannt! Vergessen müssen wir uns: das ist der einzige Weg, Ihnen die Ruhe wieder zu geben, die Sie verloren haben.

Sir Guthart.

Eh will ich meiner Seele vergessen, als dein. Wie es auch werden mag, soll mir die Stunde gesegnet seyn, die mich mit dir bekannt gemacht hat. -- Lucy! du weißt, wie fühlbar mein Herz ist. Nichts auf der Welt konnt' es so ganz ausfüllen, wie du. Noch itzt, da es für dich verschlossen seyn sollte, kann neben dir nichts Raum darinn finden, und es fühlet nichts, als deinen Verlurst. -- O Lucy! Lucy! dein Herz war in der ganzen Schöpfung das einzige für mich geschaffen. Wir wußten es beyde. Der Schwur, den ich dir that, kein anders je zu besitzen, war ein geheimer Wink der Natur. -- Und ich hab ihn gebrochen! ich habe die Ordnung der Dinge verkehrt! -- Verzeih mirs: du bist gerächet. -- Möchtest du ohne mich so glücklich seyn können, als ich ohne dich unglücklich bin!

Lady Hopeleß. (vor sich.)

Um des Himmels willen! das vermag ich länger

ger nicht auszuhalten. Springen möchte mein Herz. (zu Manloven.) Großmüthiger Freund! sprechen doch Sie einem bedaurenswürdigen Manne Trost ein : ich kann es unmöglich.

Manlove. (ganz bewegt.)

Wo soll ich Trost für euch nehmen, ihr guten Leute? Nichts in meinem Leben hat mich so weichmüthig gemacht, als euch in euern betrübten Verhältnissen zu sehen. - Aber lasset euch rathen. Es ist Zeit, daß ihr euch trennet. - Frau! begieb dich ißt hinweg : und morgen halt dein Versprechen. - Ich nehme nicht Abschied : vieleicht seh ich dich noch.

Sir Guthart. (wehmüthig.)

Manlove!

Manlove.

Laß mir sie los!

Sir Guthart

Lucy! soll ich dich nie wieder sehen? O möcht' ich das nicht überleben!

Lady Hopeleß.

Fassen Sie Sich. Es muß geschieden seyn. - Guthart! - Guthart! - Leben Sie wohl! (Sie geht.)

VII.

VII. Auftritt.
Sir Guthart. Manlove.
Manlove.

Was wirst du noch warten? Komm nach Hause mit mir!

Sir Guthart.

Neidischer Mann! Laß mich doch einen Augenblick hier, wo sie gestanden ist, stehen. - Kann es mir auch schaden, wenn ich die Hände nach ihrem Schatten noch ausstrecke, die ich wieder leer zurückziehen muß? (Er setzet sich nieder.) Laß mich eine Weile hier sitzen, und ausruhen. Ich muß meine zerstreuten Sinne zusammensammeln, eh ich unter die Leute komme. - Bin ich nicht so voll von meiner Liebe, die du unsinnig nennst, daß sie mir bey jedem Gesichtszuge herausbricht? - - Wahrhaftig, Manlove! meiner Lucy muß ich es danken, daß sie tugendhaft ist. Wäre sie das nicht, - wollte sie die Gewalt misbrauchen, die sie über mein Herz hat; - ich weis nicht, was aus mir werden könnte. Ich wäre vieleicht in der Fassung, Bubenstreiche zu thun.

Manlove.

Pfuy, schäme dich, Guthart, daß du so wenig ein Mann bist.

Manlove.

Ich kann dir nicht helfen: mehr oder weniger Mann gilt mir einerley. - Aber schämen kann ich mich

mich nicht, daß ich liebe, was liebenswürdig ist. - -
Oder was heißest du Mann seyn? Ist es nur der,
dessen unempfindlicher Stolz sich zu keiner sanftern
Regung der Menschheit herabläßt? - O wenn
das ausgemacht wäre, so wollt' ich mich meines
Geschlechtes schämen, und Weib seyn, damit ich
mir nicht Gewalt thun dürfte, mein Herz zu verhär-
ten. - - Ja, lache nur heimlich in dich, und spot-
te über die Schwachheit, daß ich wärmer empfinde, als ihr weisen bedächtlichen Männer.

Manlove.

Lauter schwärmendes Zeug! Lerne doch deine
Empfindungen in dich verschließen, und laß sie
nicht ausbrausen, wie feuerfangendes Pulver.

Sir Guthart.

Was hilft es Worte verlieren? (Er steht auf,
und giebt Manloven die Hand.) Du sollst Recht
haben. Da, bring mich fort von hier, daß ich aus
meinem Denken herauskomme, eh mein bißchen
Verstand vollends daraufgeht.

Manlove.

Nun, das heißt einmal gesprochen, wie ichs
von dir erwartet habe.

Sir Guthart.

Halt!

Manlove.

Was hast du vor.

Sir

Sir Guthart.

Dort will ich noch durch die Thüre, die zwischen uns ist, meine letzten Seufzer hineinhauchen, und dann - - -

Manlove. (Ernsthaft.)

Wirds ein Ende werden? - Guthart, du misbrauchst meine Geduld. Folge mir ohne Verweilen. (Sie wollen gehen.)

VIII. Auftritt.

Die Vorigen. Herisson.

Herisson.

Est - il permis d'entrer? - Ah! willkommen, Messieurs! Wie wir da wunderlich zusammentreffen! - Mein, sagen Sie mir: ist das nicht das Zimmer der Lädy, die hier wohnt?

Manlove.

Da mußt du den Wirth fragen.

Herisson.

Nun, was eilen Sie dann? (Er hält sie auf.) Sie kommen doch von ihr her? Ich habe sie noch nicht zu sprechen bekommen; und weil wir unter einem Dache wohnen, möcht' ich ihr wohl die Aufwartung machen, ehe sie von hier geht. Der Wirth sagte mir eben, daß sie morgen abreisen will; - und, was ich gehört habe, - Ihre Betty mit ihr! - Aber Guthart! wie Sie doch schlau sind! - wie

Sie

Sie das gute Mägdchen bald wieder untergebracht haben!

Sir Guthart.

Was meynen Sie da? Ich bin heute zum Spaßen nicht aufgelegt. Von was für Mägdchen reden Sie mir? Ich bitte um Erklärung.

Herisson.

O wenn Sie das Ding so nehmen wollen, so weis ich kein Wort.

Sir Guthart.

Reden Sie: ich will es wissen, wo Ihre boshafte Anspielung hinauswollte.

Herisson.

Es war nicht böse gemeynt. Mon cher ami, machen Sie doch kein Wesen daraus. Ich weis ja, wie man so etwas nehmen muß. Da haben Sie wohl gethan, daß Sie einem verstoßenen Mägdchen zu Brode geholfen haben.

Sir Guthart.

Sind Sie nicht recht bey Sinnen, oder bin ichs nicht? Wer ist das Mägdchen, von dem Sie reden?

Herisson.

Betty, die heut bey Ihnen ausgetreten ist.

Sir Guthart.

Nun, was giebts weiter mit ihr?

F 4   He=

Herisson.

Muß ich Ihnen erst sagen, daß sie bey dieser fremden Lädy Dienste gefunden hat? - Nun ja, da müssen Sie auch den Unwissenden spielen. Wenn ich etwan nicht vernommen hätte, daß dieß eine alte Bekanntschaft von Ihnen ist.

Sir Guthart.

Betty wäre hier im Dienste? - Davon weis ich nicht das geringste. - - Die Lädy mag ich gekannt haben. Finden Sie was dagegen anzumerken?

Herisson.

Point du tout, Monsieur. - Im Vertrauen zu sagen, ich verdenke Sie gar nicht, wenn Sie Sich außer Hauße kleine Zerstreuungen suchen. Sie dürfen Sich ja deßhalben vor mir nicht scheuen. Ihre mürrische Frau soll nichts davon erfahren. Vertrauen Sie auf meine Verschwiegenheit.

Sir Guthart.

Ich wäre so niederträchtig, als Sie, wenn mir an Ihrer Verschwiegenheit was gelegen seyn müßte. - Aber das rathe ich Ihnen: wagen Sie es nicht, die Ehre der fremden Wittwe durch ein unbesonnenes Wort zu beleidigen; oder - Ihr Leben steht mir dafür.

Herisson.

Parbleu! Sie legen dieser Aventüre eine Wichtigkeit bey, die sie nicht hat. - Je ernsthafter

ter Sie die Sache nehmen desto lächerlicher kömmt
es mir vor, daß Sie Sich zum Ritter einer irrenden Dame aufwerfen.

Sir Guthart.

Was wollen Sie sagen mit Ihrer irrenden
Dame? Wenn ich kein Rittter bin, so kann ichs
an Ihnen werden, leichtfertiger Gecke!

Herisson.

Ah! c'en est trop. Wissen Sie, daß sich ein
Mann von meiner Nation nicht ungestraft beleidigen läßt? Böslauniger Britte! ich fodre Ge-
nugthuung von Ihnen.

Sir Guthart.

Die sollen Sie haben.

Manlove.

Was denkest du, Guthart?

Sir Guthart.

Sey mir nicht hinderlich, Freund! Die Gelegenheit ist mir erwünschet. (zu Herisson.) Hier
ist meine Hand darauf. Der Ort? die Stunde?

Herisson.

Que diable! das gilt mir einerley, wenn es
doch seyn muß.

Sir Guthart.

Degen oder Pistole?

F 5
He

Herisson.

Meinethalben das letztere.

Sir Guthart.

Genug. Machen Sie Sich gefaßt. Ich komme wieder Sie abzuholen. - Geh, Manlove!

Manlove.

Was doch aus einem dummen Streiche für Unheil entsteht! (Sie gehen.)

IX. Auftritt.

Herisson. (allein.)
(Nachdem er ihnen eine Weile nachgesehen.)

Ist dieß Guthart gewesen? der stille kaltblütige Mann, der mich itzt auf eine Kugel herausfodert? Was für ein Wurm hat ihn gebissen? - Bongré malgré muß ich ihm den Hals brechen; - - oder er mir. - Diantre! das wäre doch kein Spaß mehr. - Verwünscht! daß ich ihn just in so einer Mordlaune begegnen mußte! (Er kömmt an den Tisch.) - - Was ist das? - Eine Goldbörse? - Wer hat das Geld hier gelassen? - Und Bankopapiere? Und dieß? - hole der Henker, dieß ist ja Gutharts Porträt? - Ich will es zu mir stecken. - Ha! nun ists aufgeklärt! Eine wahre Liebsintrigue! - Der Zufall wäre drollig genug, ein Stadtmährchen

chen abzugeben, wenn nur die Folgen nicht so ernsthaft wären! - Aber ein Leben ist doch keine Kleinigkeit! Und warum soll man sichs nehmen? Ne faut - il pas, que tout le monde vive? - Vieleicht zeigt sich ein Mit-telweg, aus der Sache zu kommen. (Er geht.)

Vier

Vierter Aufzug.

(Manloves Zimmer in Gutharts Hause.)

I. Auftritt.
Lady Guthart.

Manlove ist auch fort! Ich will ihn erwarten. Noch einmal muß ich ihn sprechen, ob er mir etwa Rath zu schaffen weis. Wenn ers nicht thut; wenn ers nicht kann: - so kann ich alles allein. - - Armes Weib! was wirst du können am Ende? dulden, und weinen, und härmen - ohne Trost, ohne Hoffnung. - - Nein; meine Kräfte sind groß. Ich fühle mich stark: - stark, wie ein fiebrischer Kranker im Paroxismus, eh er zusammenfällt. - Ja; mein Blut wallt eben so heftig. Mein ganzes Hirn ist Feuer. Meine Phantasey hält mir schreckliche Bilder vor, die ich nicht los werden kann. - Wo wird das alles hinaus wollen? Was wirds werden? - - Guthart! wohin bist du gegangen? Wo bist du, da ich von dir rede? - - Könnt ich itzt ungesehen bey dir seyn! deine Schritte belauschen! vieleicht meine Schande mit ansehen; und dann, wie ein Wetterstral fallen, und Rache nehmen! - - Gott! Gott! wie das in mir kocht! - - Fasse dich, Weibe! fasse dich. Laß es reif werden, eh du das äußerste wagst.

II.

II. Auftritt.

Lady Guthart. James.   ist

James.

Hier befinden Sich Euer Gnaden? Man suchet Sie im ganzen Hause.

Lady Guthart.

Ich will nicht zu Hause seyn, für Niemanden: hörst du das? – Wart! – weist du nicht,
wo dein Herr ist?

James.

Wie soll ich das wissen, gnädige Frau?

Lady Guthart.

Wie du's wissen sollst? du Vertrautester eines
Nichtswürdigen! – vieleicht sein Rathgeber,
sein Helfer.

James.

Wahrhaftig, gnädige Frau! Sie thun Sir
Gutharten unrecht, und mir.

Lady Guthart.

O ihr beyden Unschuldigen! daß ich eure Gänge nicht wüßte! – Schweig, alter ausgelernter
Abschaum deines niederträchtigen Standes!
Geh! – – He! Sage mir zuvor, wer mich verlanget hat.

James.

Die arme Betty war außen. Sie wünschet
mit Euer Gnaden zu sprechen.

Lä-

, Guthart.

für ein neues Geheimniß der
ergründen kann ? laß sie her-
geh, und bringe mir Nachricht,
von siehst. (James geht.) Die
e waget es noch vor meine Au-
gen zu nu...   Ah! hier ist sie, die Heuchlerinn
mit ihrer züchtigen Miene! (Betty kömmt hervor.)

III Auftritt.
Lady Guthart. Betty.
Betty.

Gnädige Frau ! eh ich von hier reise , er-
lauben Sie mir, daß ich noch zu Ihren Füßen für
alles Gute danke , das ich bey Ihnen empfangen.
Aber darf ichs auch wagen , eine letzte dringende
Bitte an Sie zu thun, die Sie mir wohl nicht ver-
weigern werden? - Ich verlasse eine alte schmach-
tende Mutter. Ich würde sie nimmer verlassen,
wenn ihr meine Gegenwart in ihrem Elende Trost,
oder Hülfe geben könnte. Nun heißt mich mein
Schicksal von ihr scheiden. Sir Guthart, und
Sie, gnädige Frau, haben ihr durch Ihre Wohlthaten schon einmal das Leben gefristet. Nehmen
Sie Sich ferner, ich bitte Sie, um die Erhaltung
einer Hülflosen an, die vieleicht nicht lange mehr
leiden wird. Danken und Bethen ist alles , was
wir dafür thun können. Der Himmel allein wird
die Belohnung geben.

Lä-

Lådy Guthart.

Willst du von hier gehen, Betty? Das ist auch das Beste, was ich dir rathen kann. Wann wirst du reisen? wohin?

Betty.

Morgen, so viel ich verstanden habe. Wohin? weis ich nicht zu sagen. Eine gute leutselige Dame, die mit Ihnen verwandt ist, nimmt mich in ihrem Dienste mit sich.

Lådy Guthart.

Eine Verwandte von mir? Wo bist du zu ihr gekommen? Wer ist sie?

Betty.

Sie ist fremd. Euer Gnaden werden sie vermuthlich nicht kennen: die Lådy kennet auch Sie nicht. Aber mit Sir Guthart muß sie bekannt gewesen seyn.

Lådy Guthart.

Mit meinem Manne bekannt? - Himmel! ihr Name?

Betty.

Hopeleß.

Lådy Guthart.

Hopeleß? ists möglich? - Und du zitterst nicht, Unverschämte, mir ins Angesicht diesen Namen zu nennen? - Du bey Hopeleß im Dienste? Willst du mir Hohn sprechen? -- Mägdchen!

laß

laß dich näher beschauen. - - Entweder bist du das boshafteste Geschöpf unter der Sonne ; oder man will ein Opfer der Verführung aus dir machen.

Betty.

Um des Himmels willen , gnädige Frau ! ich verstehe das nicht. Darf ich bitten. . . .

Lady Guthart.

Betty ! laß reden mit dir. Ich will dir viel Gutes thun , will deine Mutter versorgen , wenn du mir die klare Wahrheit entdeckst. Sage mir. . .

IV. Auftritt.

Die Vorigen. Jámes.

Jámes.

Gnädige Frau ! Sir Guthart und Manlove kommen eben die Treppe herauf.

Lady Guthart.

Zur ungelegensten Zeit ! Sie sollen dich hier nicht begegnen. Mägdchen, folge mir nach. (Lady Guthart geht mit Betty auf einer Seite, Jámes auf der andern ab.)

V. Auftritt.

Sir Guthart. Manlove. (kommen herein.)

Sir Guthart. (im Hereingehen.)

Willst du mehr als Recht haben, Freund ? Alle die Gründe, die du mir vorgebracht hast, sind richtig und gut. - Soll ich dir noch sagen, daß ich

selbst

selbst diesen strafbaren Gebrauch, den Punkt der Ehre auf eine Degenspitze oder eine Kugel zu setzen, allezeit für ein grausames Vorurtheil angesehen habe? - Aber nun hat sich mein Standpunkt verändert. Ich suche den Zweykampf, nicht um einen Thoren, den ich verachte, für eine unbescheidene Rede zu bestrafen. Du weißt, daß ich nicht rachsüchtig bin. Wenn es nur das wäre, wollt' ich selbst auf der Stelle zu ihm gehen, und meine Uebereilung entschuldigen. - - Manlove! nimm meine Hand: - sie wird rein bleiben von Blute; aber bald wird sie nicht mehr nach der deinigen greifen. -- -- Meine Bahne ist ausgelaufen: ich empfinde, daß ich am Ziele bin. -- Ich muß, ich muß einen Ausgang meiner Qualen suchen; -- und hier kann ich ihn finden.

Manlove.

Ich verstehe dich: du willst deinem Gegner das Leben nicht nehmen; aber du hoffst es von ihm. Du hast noch Bedenken, an einem Fremden ein Mörder zu werden; und du willst es an dir werden, weil dich zu leben verdrießt. - - Guthart! ich bitte dich, überlaß dich dieser Betäubung nicht. Hast du dann keine Kraft mehr, das Leben auszuhalten?

Sir Guthart.

Ich habe Kraft zu sterben. Nur die Empfindung unausstehlicher Leiden kann diese Kraft geben. Der Abscheu vor dem Tode, den die weise Natur in uns leget, hilft uns oft genug den Jam-

G

mer

mer der Menschheit übertragen. Man duldet sich
lang in dem quaalvollen Kreise des Lebens, eh man
den Schluß faßt, drüber hinaus zu treten. Aber
wenn einmal der Eckel am Leben stärker auf uns
wirkt, als der Abscheu des Todes; dann ist das
Leben ein Uebel, und man kann nicht bald genug
sich davon losmachen. - - Ich weis, was du mir
sagen willst: aber störe mich nicht. Sterben will
ich; und ruhiger sterben, als ich gelebt habe.
Das ist beschlossen, Freund: und auf der Welt
nichts machet mich wanken.

Manlove.

Ist dir erlaubet zu sterben, unbesonnener
Mann? Hast du dein Leben schon ausgelebt? dei=
ne Thaten vollbracht? alle Pflichten erfüllt, welche
die Vorsehung dir mit dem Leben auferlegt hat=
te? - - Sprich: was wirst du antworten dem ewi=
gen Richter, wenn du dich vor sein Angesicht hin=
drängst, eh du gerufen bist? wenn er über deine
verkürzten Tage Rechnung verlangt? Werden
dich da deine Leiden entschuldigen? - Leiden! die
du auch mir ohne Beschämung nicht bekennen
darfst. - - Was sind sie dann, die grausamen Lei=
den, die dich zu sterben nöthigen? - Nimm noch
einmal deine Offenherzigkeit wieder an, und gesteh
es deinem Freunde. Sage nur frey: „Ich hab
„ alle Hoffnung verloren, ein ehrliches Weib zu
„ verführen, welche mich fliehen will, weil ihre Tu=
„ gend bey meiner schwärmenden Liebe Gefahr
„ läuft. Ich bin gezwungen, den Pflichten eines
„ recht=

„ rechtschaffenen Manns getreu zu bleiben; und
„ eh ich das thue, - will ich sterben." (Sir Gut=
hart, der auf Manlovens Reden nicht viel gemerkt
hatte, geht an den Tisch und klingelt. Jämes kömmt
herein.)

Sir Guthart.

Jämes! geh auf mein Schlafzimmer: bring
mir das Paar Pistolen, die an der Wand hän=
gen. - - Willst du nicht gehen? - So bleib. (Jä=
mes will gehen.) Bleib, sag ich dir: ich hole sie
selber. Aber suche mir eine Miethkutsche; laß sie
halten am Thore, und bring mir Antwort, so
bald sie gekommen ist. (Sir Guthart und Jämes
gehen ab.)

VI Auftritt.

Manlove. (allein.)

Es ist geschehen um ihn; alle Vernunft, alle
Sinneskraft ist im Strome seiner Leidenschaft ver=
sunken. Tod ist sein Wunsch; und der wird ihm
zu Theil werden. - Wüßte sein Gegner, was er
für Absichten hat; so würd' er sich schämen, wenn
er ein Mann ist, einen Feind zu erlangen, von dem
er nichts fürchten darf. - Ich will nur zu ihm
gehen: vieleicht kann ichs dahin bringen, daß
er - -

VII,

VII. Auftritt.
Mánlove. Lády Guthart.
Lády Guthart.

Sir Manlove, ein Wort!

Manlove. (Will gehen.)

Frau, halt mich nur dasmal nicht auf; ich muß eilen ein großes Unglück zu verhindern; – auch ein Unglück für dich.

Lády Guthart. (Hält ihn auf.)

Bleiben Sie. Ich weis, daß ich ein unglück= liches Weib bin. – Und Sie wollen für mich Theil daran nehmen? – Ich wills Ihnen glau= ben, wackerer Mann : aber mein Unglück werden Sie nicht verhindern. Sie müßten mehr als ein Mensch seyn, wenn Sie das könnten. Oder hoffen Sie, aus einem Niederträchtigen, der mich belei= diget, einen rechtschaffenen Mann zu machen? O Sie kennen ihn nicht, wenn Sie das hoffen. – Wissen Sie noch, was hier zwischen uns vorgegan= gen ist? – wie ers nicht über sich vermochte, mir eine Stunde zu schenken, die er zu seinen schandvol= len Besuchen gewidmet hatte? – – Sagen Sie, Manlove, wo ist er seitdem gewesen? – Sie müs= sen es wissen; denn Sie kamen mit ihm. – – Ich bitte Sie, sagen Sie mir, was Ihnen einfällt: – daß er da, daß er dort mit Ihnen gewesen sey. – Will ichs ja glauben. – – Sie zücken die Ach= seln? – – O warum sind Sie zu ehrlich, eine gefäl= lige

lige Lüge zu thun? - Ihr Schweigen ist fürchterlich : es sagt mir zu viel.

Manlove.

Quäle dich nicht mit Einbildungen, die zu
nichts nützen. Ich will dir noch alles sagen, wann
es Zeit dazu ist. Itzt laß mich gehen. Ich arbei-
te, dir deinen Mann zu erhalten. Du sey vernünftig, und verdirb nicht wieder, was ich gut machen
will. (Er geht.)

VIII. Auftritt.

Lady Guthart. (allein.)

Wie soll ich das verstehen? - Seine Eilfer-
tigkeit, sein geheimnißvolles Wesen, die bedeuten-
de mitleidige Miene, mit der er mich ansah: -
alles setzet mich in Angst und Schrecken. - - Gott!
was für ein neues Unglück steht zu erwarten? - -
Er will meinen Mann mir erhalten? - Wenn er
ihn nun nicht erhielte! - wär' er etwa - verloren? -
Wunderlich! wie mir das zu Sinne kommen
kann! - - Und wenn er verloren wäre? - - Wo
kömmt dieses Herzklopfen her? - - Guthart! daß
ich doch nicht ganz vergessen kann, daß du mein
Mann bist! - - Wenn er verloren wäre! - Ja,
dieser Gedanke macht mich außerordentlich weich.
Bald fühl' ich ihn stärker als alles Unrecht, das
er mit mir hat. - - - Aber das schändliche Weib,
das sich für seine Befreundte herumgiebt! - ein
niederträchtiges Geschöpf, abgerichtet zu Ränken,
Verführung, und Schande! - - Zwar morgen

soll

soll sie von hier gehen: - das könnte mich ruhiger
machen. - Und Guthart! - - Wenn Betty die
Wahrheit spricht, so hat er sie nicht gesehen. - O
daß er unschuldig wäre! - - Hör' ich nicht seine
Stimme? - Nun „wollt' ich ihm ja mit all meinem Zorne begegnen; - und aller Zorn ist ver-
schwunden. - Wenn ich einmal versuchte, mit
ihm Güte zu brauchen? - Das will ich: - vielleicht - - - Da kömmt er herein.

IX. Auftritt.

Lady Guthart. Sir Guthart
(im Ueberrocke mit Pistolen.)

Sir Guthart. (vor sich.)

Meine Frau hier? - Das wird der letzte
Sturm seyn, den ich von ihr auszustehen habe.

Lady Guthart. (schmeichelnd.)

Willkommen, Guthart! - Was soll das Gewehr? - diese reisfertige Kleidung? willst du
wohl nicht aus der Stadt gehen?

Sir Guthart.

Ja, Lady. Ein unerwartetes verdrießliches
Geschäft, das sich nicht aufschieben läßt, zwingt
mich Abschied von dir zu nehmen. (Er legt die
Pistolen auf den Tisch.)

Lady Guthart.

Himmel! was ist dir aufgestoßen? Was hast
du bevor? Ich lasse dich nicht, eh du mirs sagest.

Sir

Sir Guthart.

Dring nicht in mich. Ich bitte dich, Frau, mache mir die Reise nicht bitterer, als sie wirklich ist.

Lady Guthart.

Eine bittere Reise hast du zu machen? Das ist bedenklich. Kaum hab' ich das Herz dich zu fragen, wohin sie gerichtet ist.

Sir Guthart.

Wohin! - ich darf es dir nicht sagen. Weit! weit!

Lady Guthart.

Weit! - - So muß ich mit dir kommen.

Sir Guthart.

Nein, das kann nicht geschehen. Ich muß voraus. - - Du wirst nachkommen, gewiß nachkommen: - aber wann es Zeit darzu ist, das weis der Himmel allein.

Lady Guthart.

Um Gottes willen, wie du räthselhaft sprichst? Was ist da für ein entsetzliches Geheimniß verborgen, das ich nicht wissen darf?

Sir Guthart.

Du wirst es heute noch wissen. Aber verlang es nicht eh, als ich gegangen bin.

Lady Guthart.

Mich unglückliches Weib! Nun, nun errath

G 4

ich

ich dein grausames Vorhaben. Ich bin dir so sehr
verhaßt geworden, daß du von mir fliehst.

Sir Guthart.

Sey ruhig, gute Frau! Dieser Gedanke ist
nie in mein Herz gekommen. Du sollst bleiben,
und glücklich seyn. Mich trennet mein Schicksal
von dir. - Wenn ich dir sagen wollte, sagen könn=
te, was die Ursache meiner Entfernung ist; - -
du würdest mich hassen, als einen Verbrecher: -
und ich müßte doch gehen.

Lady Guthart.

Du ein Verbrecher? Ich zittre. - Ists
wider das Vaterland? wider den Staat? - Un=
möglich kann ich das von dir glauben. - Gut=
hart! wenn du es wärest, so will ich die Strafe
mit dir theilen -, und auch fliehen. (Indessen daß
Sir Guthart spricht, geht die Lady gegen den Tisch,
wo die Pistolen liegen, und faßt eine an.)

Sir Guthart. (abseits.)

Ist das die Stimme meiner Frau, von der ich ei=
ne weit andere Begegnung erwartete? Was für ein
Engel hat ihr feindseliges Herz zur Sanftmuth
und Gutwilligkeit umgeschmelzet? Muß sie da
noch zur Unzeit besser werden, als sie ist, um mei=
ne blutende Seele mit neuen Martern auszufül=
len? - Vorwürfe und Klagen aus ihrem Munde
hätten mir Kraft gegeben, meinen Entschluß zu
vollenden. Ihre Thränen machen mich wankend
und schwach, wie ein Weib. - - (Er sieht sie mit
der

der Piſtole in der Hand.) Was macheſt du? Laß, laß die Gewehre, ſie ſind ſcharf geladen. Das iſt kein Spielwerk für weibliche Hände.

Lády Guthart.

Ihr ſtolzen Männer! habt ihr allein das ausſchließende Recht zu zerſtören? - als ob wirs nicht auch vermöchten! - - Halt! du ſollſt mir es nicht nehmen. - Sieh, wie ſtark meine Hand iſt; - ſie hat Tod und Leben in ihrer Gewalt; - und ſie zittert nicht. - - Käme nun ein Feind auf mich los, ſo wollt' ich es aufnehmen mit ihm. - - - (Wie außer ſich.) Ha! zurück! das iſt mein Mann :- Zurück, ſag ich dir: - willſt du nicht ablaſſen von ihm? (Sie fährt aus, als ob ſie ſchießen wollte.) Da, da haſt du den Lohn. - Wo bin ich? - Mir ſchwindelt vor dem Geſichte! - Nimm das Gewehr! nimm! - Du haſt Recht: das tauget nicht für weibliche Hände. - Es läuft mir kalt über die Haut: ich bin voller Schrecken.

Sir Guthart. (der ihr die Piſtole abgenommen.)

Faſſe dich, Frau! faſſe dich wieder.

Lády Guthart.

Biſt du es, Mann? Wie meine Sinne verwirrt ſind! - Deine Hand! - - Du reiſeſt doch nicht ohne mich?

Sir Guthart.

Man kömmt. (Es kömmt ein Bedienter, bleibt beym Eingange ſtehen, und zeiget von weitem einen Brief.)

G 5   X.

X. Auftritt.
Die Vorigen. Ein Bedienter.
Sir Guthart.

Wen suchet ihr da? (Der Bediente zeiget den
Briefe.) Für mich? - - Für Lädy? (Er bejahet
es durch Zeichen.) - - Frau! man bringt einen
Brief. (Die Lädy steht auf, und geht zum Bedien:
ten, der ihr den Brief giebt, und etwas ins Ohr flü:
stert.) - - Ein Glück, daß Jemand gekommen ist?
Wie hätt ich vermocht, sie in ihrer Wehmuth zu
verlassen, ohne mein Geheimniß zu verrathen? - -
Itzt kann ich mich sammeln, und aushalten. (Der
Bediente geht.)

XI. Auftritt.
Sir Guthart. Lädy Guthart.
Lädy Guthart. (Erbricht den Brief eilfertig,
und liest vor sich.)

„ Beste Freundinn! Ich habe Ihnen Dinge
„ zu vertrauen, die für Sie wichtig, aber nicht ange:
„ nehm sind. Zum Beweise mag dieses Porträt
„ dienen, welches aus Händen kömmt, in die es
„ nie hätte gelangen sollen. Kommen Sie doch
„ diesen Augenblick zu mir, die nähern Umstände
„ zu erfahren. Ihre Freundinn, Distrust.“ (Sie
besieht das Porträt, fährt zusammen, wirft einen
grimmigen Blick auf Gutharten. - - Guthart geht zu
ihr hin; sie stößt ihn zurück.) Geh, Scheusal deines
Geschlechts! geh die geheimen Anschläge der Bos:
heit

heit auszuführen, die in deinem schwarzen Herzen
verschlossen sind.   Geh beladen mit dem Fluch eines beleidigten Weibs! deine Sünde möge dich
auf jedem Schritte verfolgen, und Nacht und Tag
so abscheulich vor dir stehen, als ich sie auf jedem
Zuge dieses Bildes erblicke! - - (Sie weißt ihm
das Porträt hin.) Kennst du den Mann, den Ver-
führer, der hier meinem gerechten Zorne Hohn zu
lächeln scheint? - und hier (auf ihn zeigend) - wie
ein Bösewicht im Laster ergriffen, seine Schuld auf
der Stirne herumträgt? - O daß ich ihn nie gekannt hätte! - - Was stehst du niedergebeugt?
Sieh auf zu deinem verrathenen Weibe, die dich
verachten und hassen muß! - zu dem Himmel, der
die Schwüre gehört, die du mir gethan und gebrochen hast! - - Elender! brauchtest du mit deiner
Heuchlermiene mein leichtgläubiges Herz einzu-
nehmen, um über deinen Verlurst Thränen fließen
zu sehen, die du nicht werth bist? - - Geh! Sie
wird warten, die Gefährtinn deines Verbrechens, -
und deiner bittern Reise. - Wirf dich ihr in die Arme, und eile davon. - - Aber damit ich nicht nach-
komme, mache dich frey von mir: - ich bitte dich,
mache dich frey. - Hier kannst du es ja.   Nimm
eines von deinen Gewehren, und gieb mir den
Tod. - Ists nicht besser auf einmal, als durch lang-
samen Gram? - - Du zauderst? - Gut! - ich
will leben: - aber nicht länger, als bis ich an
dem schändlichen Gegenstande deiner Liebe gerächet
bin. (Sie geht.)

XII.

XII. Auftritt.

Sir Guthart. (allein.)

--- Itzt kenn' ich sie wieder, die argwöhni-
sche, rachsüchtige Frau. Alles, was ich ihr sagen
möchte, würde sie nicht besänftiget haben. --- Und
wer hat dieses Porträt an sie geschickt? - O wenn
ich nur zweifeln könnte! Wer kann es geschickt haben? - Lucy hat meine Liebe verrathen: sie war
ihr beschwerlich. Schlag über Schlag! - Nun
ist es Zeit, daß ich sterbe, weil mich Lucy nicht
liebt. Unglücklicher Zufall, der mir auch die Hoffnung benimmt, von einem Weibe bedauret zu werden, die meinen Tod verursacht! - Undankbare!
hättest du nicht eine Stunde mich im Irrthume
lassen können, den mir deine letzte Unterredung
noch bestätiget hat? --- Unmöglich! Lucy kann
das nicht gethan haben. - Vieleicht hat Manlove
aus unbescheidenem Eifer verhindern wollen, ---
Aber das soll ihm nimmer gelingen.

XIII. Auftritt.

Sir Guthart. James. (kömmt heraus.)

Sir Guthart.

Gut, daß du ankömmst! Wo wartet der Wagen?

James.

Sir! es wartet keiner auf Sie. Meine
Schuld ist es nicht. Ich hatte ihn hergebracht;
aber die gnädige Frau kam eben aus Thor, als ich
ab-

abstieg, und warf sich hinein. Ich wollt' es ihr
sagen, daß er nicht für sie gekommen war: aber sie
stieß mich zurück, rief zum Kutscher hinaus, und
rannte davon. - Soll ich einen andern holen?

Sir Guthart.

Nein, das würde zu lang. Ich will wohl auf
dem Weg einen finden. (Er nimmt die Pistolen
auf, bleibt im Vorbeygehen bey James stehen, und
betrachtet ihn wehmüthig.) - Gehab dich wohl,
alter wackerer Diener! -- Wirst du zuweilen an
mich denken, wenn du mich nicht mehr siehst? (Er
zieht seine Uhr aus dem Sacke.) - Da nimm diese
Uhr zur Erinnerung. Sie ist bald abgelaufen:
aber eh sie es ist, bin ich schon eine weite Strecke
von dir.

James. (mit der Uhr in der Hand.)

Sie haben eine Reise vor, und wollen mich
hier zurücklassen? - Nimmermehr ist das ihr Ernst
gewesen. - Bin ich so viel mit Ihnen gereiset;
und Sie haben doch allezeit mit meiner Bedienung
vorlieb gehabt. - Behalten Sie nur ihr Geschenk:
was soll mir die Uhr, wenn ich bey Ihnen nicht
wäre? - Da leg ich sie her: (Er leget sie auf den
Tisch hin, und will gehen.) ich will nur in meine
Stiefel und meinen Ueberrock einschliefen; und
dann, wohin Sie wollen, zu Bock oder zu Pfer-
de. - Glauben Sie etwan, weil ich nicht jung
bin? -- Je nun, alt aber dauerhaft. Steife Klep-
per laufen oft besser, als junge leichtbeinige Thiere.

Sir

Sir Guthart.

Bleib: ich brauche dasmal keinen Bedienten; kann keinen brauchen: sonst gäb' ich dir vor allen den Vorzug. Glaube nicht, daß ich dich verachte, weil du alt bist: du bist es mit Ehren geworden. Alle werden nicht alt; und müssen es auch nicht werden. -- Du machst mich böse, wenn du die Uhr nicht zu dir steckst. - Ich sage dir: behalt sie zum Andenken von mir.

Jämes.

Wie Sie mir hart thun mit Ihrem Andenken! Sie haben wohl Ihre Freude daran, wenn Sie mich weinen sehen! Kinder und Alte können das leicht.

Sir Guthart.

Weine nicht, Jämes. Spare mir noch eine Thräne, wann die Uhr abgelaufen ist. -- Gieb mir die Hand; (Er drückt sie ihm.) - und itzt - lebe wohl! Wir sehen uns nimmermehr. (Er geht.)

Jämes. (hält ihn auf.)

Sir! ich sterbe vor Angst über den Ausdruck. So lang meine Augen noch hell sind, will ich sie sehen. - Wo gehen Sie hin? - Um Gottes willen lassen Sie mich mitkommen. Ich muß Ihnen folgen.

Sir Guthart. (kehrt sich um an der Scene.)

Keinen Schritt, oder - - - (Er hält ihm die Pistole vor, und geht.)

XIV.

XIV. Auftritt.

James. (allein.)

--- Wie ist mir ? - Meine Kräfte verlassen mich alle! - Die Kniee sind mir gebrochen! Ich muß wohl zurückbleiben! -- Itzt fühl' ich erst, daß ich zu alt bin: das hätt' ich nicht mehr erleben sollen. - - Hätt' er nur losgedrückt! wie gern wollt' ich ihms verziehen haben! --- Armer Herr! was mag er wohl im Kopfe haben! So gütig, und dennoch so hart! - Wir sehen uns nimmer! - Wie! wenn er aus Schwermuth, aus Verdruße --- Wahrhaftig, alle Umstände zusammengenommen, prophezeyen ein Unglück. - Gütiger Himmel! wache du über sein Leben; oder gieb mir nur Kräfte, bis ich ihn wieder gerettet sehe. (Er geht.)

Fünfter Aufzug.

(Ein Zimmer im Gasthause.)

I. Auftritt.

Guthart. (allein.)

(Er kömmt herein, und leget seine Pistolen von
sich.) Hier soll ich erwarten, bis er nach Hause
kehrt. - Hier - an diesem ahndungsvollen Orte,
wo mir der feyrliche Gedanke zuerst in die Seele
kam, - daß ich sterben will. - Schauerhafter
Gedanke, der auch die stärksten Gemüther zu er:
schüttern vermag! - Mir selbst fährt es eiskalt
über den Körper, da ich ihn denke. - Und dennoch
kann es nicht Furcht vor dem Tode seyn: sonst
würd' er nicht mauerfest stehen; er würde ver:
schwinden, der Gedanke, daß ich sterben will. - -
Ha, ist das nicht die Stelle, wo ich Lucy zum
letzten, letztenmal sah? - Ist sie es? Ja. - Daß
mir bestimmt wäre, an dieser Stelle zu sterben! - -
Fort, leichtfertiger, unbesonnener Wunsch! Die
Stunde des Todes ist viel zu ernsthaft, zu groß für
so kleine Erinnerungen. Was ist eine ganze
spannenlange Welt für einen Geist, der auf dem
Punkte steht, sich über sie wegzuschwingen? - Ei:
ne kleine Weile, so bin ich über sie weg. Nun steh
ich noch am Rande, sehe schon hinter mir alles,
alles was vergangen ist; - und vor mir eine ewi:
ge Zukunft. - Ewig! o vielbedeutendes Wort,
das mir entgeht, wenn ich es fassen will! - Ewig!

was

was heißt das? - Ewig bist du, grundgütiger
Schöpfer, dessen weiser Rathschluß verordnet
hat - - - Ich wolte bethen; - und nun - ich kann
nicht. Dieser Trost frommer Unglücklichen ist mir
auch versaget. - Es sey! - Klagen will ich nicht
über mein Loos; ich will es nehmen, wie es gefallen
ist, und mit Gelassenheit aushalten, bis es mich
niedergedrückt hat. (Er setzt sich.)

II. Auftritt.
Sir Guthart. Herisson.
Herisson. (vor sich.)

Hier ist der Mann, den ich suche. Wie werd'
ich das Herz haben, ihm meine Unbesonnenheit zu
entdecken? Und dennoch möcht ich ihn warnen,
da es noch Zeit ist. - - - Guthart!

Sir Guthart. (Steht auf, und greift nach
den Pistolen.)

Ich bin bereit : ich komme.

Herisson.

Un petit moment! Hören Sie zuvor, was
ich Ihnen zu sagen habe. - Freund! Ich habe Sie
empfindlich beleidigt. Ich fühle mein Unrecht besser, als ich es ausdrücken kann. Leichtsinn war es
von meiner Seite, sträflicher Leichtsinn, den ich
nicht entschuldigen will. Aber ich schwör' es Ihnen, es war kein böser Wille dabey.

Sir

Sir Guthart.

Feiger, verächtlicher Mensch! Hat Sie der Anblick dieser Dinge so geschmeidig gemacht?

Herisson.

Sie irren sich, Guthart, wenn Sie mir Feigherzigkeit Schuld geben. Die Beleidigung, von der ich Ihnen sprechen will, ist neuer und größer, als Sie wissen.

Sir Guthart.

So ersparen Sie sich das Geständniß, wenn ich bitten darf. Ich verachte Ihre Beleidigungen eben so sehr, als Ihre Abbitten. Wenn Sie ein Mann sind, so beweisen Sie es, und halten mir Wort.

Herisson. (ernsthaft.)

Ich schweige, weil Sie es haben wollen. Die Zeit wird Ihnen alles entdecken. Und nun sollen sollen Sie sehen, daß ich ein Mann bin. (Er leget seinen Degen ab.) Commençons, s'il vous plait.

Sir Guthart.

Hier im Hause doch nicht?

Herisson.

Haben Sie Bedenklichkeiten?

Sir Guthart.

Keine für mich.

Herisson.

Tant mieux. Kommen Sie her.

Sir

Sir Guthart.

Ihre Waffen? - Wenn Sie Sich hier bedienen wollen? (Er biethet ihm seine Pistolen an. Herisson nimmt eine davon.)

Herisson.

Tant pour la forme.

Sir Guthart.

Das Ziel? - Je näher, je besser.

Herisson. (zieht ein Tuch heraus.)

Gut. So weit dieses Tuch reicht. Fassen Sie es.

Sir Guthart.

Nun - setzen Sie an.

Herisson.

Sie sind der Beleidigte.

Sir Guthart.

Beyde zugleich, wenn Sie wollen.

Herisson.

Nimmermehr. (Guthart hebt die Pistole, aber nebenaus.) Nicht so; da treffen Sie nicht: - gerad vor die Stirne!

Sir Guthart. (Läßt den Arm fallen.)

Mann! Sie zwingen mich, daß ich Sie schätzen muß.

Herisson.

Nein, Guthart, verachten müssen Sie mich für das, was ich an Ihnen begangen habe.

H 2   Sir

Sir Guthart.

Bald werden Sie mich neugierig machen.

Heriſſon.

Nun ſollen Sie hören, und Muth faſſen, mich zu beſtrafen. Wiſſen Sie dann: Ich war leicht-ſinnig genug, ein Porträt, das ich hier fand, - vermuthlich das Ihrige - bey Lädy Diſtruſt zu weiſen. Das boshafte Weib entriß es meinen Händen, und entfernte ſich. Eh ichs verſah, ſtürz-te Ihre Frau wie raſend ins Zimmer, mit dem Por-trät in der Fauſt. Sie ſchäumte nach Rache, bera-thete ſich mit dem andern Teufel von Weibe über die Mittel, die alle fürchterlich waren. Ich wollte das Bild zurückhaben, leugnete, ſchalt, drohete, bath: - alles vergebens. Sie wieſen mich ab, und giengen ihre hölliſchen Anſchläge wider die Wittwe hier auszuführen. - Wohlan! laſſen Sie mich bü-ßen für meinen Frevel, und eilen Sie dann, die ar-me Unſchuldige aus den Händen dieſer Furien zu reißen.

Sir Guthart.

(Läßt das Tuch los, geht das Gewehr wegzule-gen, und kömmt auf Heriſſon zu.)

Umarmen Sie mich. - Ihr warmes Geſtänd-niß giebt Ihnen auf all meine Freundſchaft das Recht. Gott weis, mein Anſchlag war nie, Ih-nen das Leben zu nehmen; - aber nun ſeh ich auch alle Hoffnung verſchwunden, das Ende meiner Peinen zu finden. - Heriſſon! wenn ich noch leben

soll;

soll; wenn Sie Ihre Uebereilung gutmachen wollen, so helfen Sie retten. – Ich kann, ich darf ißt die Fremde nicht sehen, ohne strafbar zu werden. Machen Sie Anstalt, daß sie die Stadt auf der Stelle verläßt. Gehn Sie zu ihr: sagen Sie, ... (Robert kömmt herein. Die Pistolen, die sie unterdessen von sich gelegt haben, bleiben auf dem Tische.)

III. Auftritt.
Die Vorigen. Robert.
Robert.

Monsieur Herisson! Sie werden verlanget.

Herisson.

Nun kann ich Niemanden Gehör geben.

Robert.

Es soll von Wichtigkeit seyn. Man läßt Sie ohne Verzug hier gegenüber auf das Kaffeehaus bitten: ein gewisser Sir Manlove erwartet Sie dort.

Sir Guthart.

Manlove? Zur glücklichen Stunde! dieser rechtschaffene Mann soll uns Rath wissen. Kommen Sie.

Herisson.

Wenn Sie vorausgiengen! Ich bin in Augenblicke bey Ihnen. Nur ein Wort mit dem Wirthe!

Sir

Sir Guthart.

Gut! säumen Sie nicht. (Er geht.)

IV. Auftritt.

Herisson. Robert.

Herisson.

Mon ami ! ist die fremde Lady zu Hause?

Robert.

Ich vermuthe wohl. Eben wollt' ich zu ihr gehen.

Herisson.

Desto besser. Ich hätte mit ihr nothwendige Dinge zu sprechen ; aber ich kann mich nicht aufhalten. Thun Sie mir den Gefallen, und sagen ihr in meinem Namen, daß sie sich diese Stunde noch aus der Stadt macht, wenn sie sich will rathen lassen. - Man suchet sie auf, und vieleicht wird sie heute noch aufgehoben.

Robert.

Was sagen Sie ? Wird sie etwan von ihrem Oheim verfolget?

Herisson.

O que non; c'est une autre affaire. - Ich weis, daß Sie ein bescheidener Mann sind, dem man etwas vertrauen darf. - Die gute Frau ist in eine gewisse Bekanntschaft verflochten, mit einem Manne, dessen feindseliges Weib ihren Untergang geschworen hat. - Ich weis eigentlich selbst ihre

Abe

Abſichten nicht: aber wie ich zufällig erfahren ha=
be, ſo iſt ein hartes Gefängniß wohl das geringſte,
was ſie zu fürchten hat. - - Hören Sie, lieber
Robert, geben Sie ihr unterdeſſen in Ihrem Haus
einen abgelegenen Winkel ein. - Sie verſtehen
mich wohl?

Robert.

Herr! wofür halten Sie mich? Solchen Per=
ſonen in meinem Hauſe Unterſchleif zu geben! das
wollt' ich mir nachſagen laſſen!

Heriſſon.

Tout doucement, tout doucement. Ma=
chen Sie doch kein ſolches Lärmen daraus. Man
weis ja noch nicht, wie viel an der Sache iſt. Mein,
ich bitte Sie, helfen Sie da, ſo gut ſich in der Eile
helfen läßt. Ich darf nicht länger auf mich war=
ten laſſen. Bald komm ich zurück: dann wollen
wir weiter davon ſprechen. Adieu, mon ami!
(Er geht.)

Robert. (allein.)

Helfen Sie da, mein lieber Robert! - - Ja,
ja, wer auch der Narre wäre, ſich in ſolche Lumpe=
reyen zu mengen! - Ich will nichts darum wiſſen.
Zuletzt könnte man ſich an den Keſig halten, wenn
der Vogel keine Federn hat. - Dem Dinge will
ich zuvorkommen. - - (Er klopft an der Thüre der
Lädy.) Ey, ey! wie man ſich doch betriegen kann!
Das hätt' ich in meinem Leben nicht von ihr ge=
dacht. (Hopeleß kömmt heraus.)

H 4 V.

V. Auftritt.

Lady Hopeleß. Robert.

Lady Hopeleß.

Sind Sie es, Herr Wirth? Mein, sagen
Sie mir: ist Betty noch nicht zurückgekommen?
Ob sie wohl ihre Mutter von sich lassen will?

Robert. (schüttelt den Kopf.)

Ja ... wenn es ihre Mutter auch wollte, so
würde doch nichts daraus werden. - Verzeihen
Sie mir, Lady! mein Bäschen ist nicht für Sie?

Lady Hopeleß.

Wie so, Herr Robert? Hab ich sie dann nicht
auf Ihre Empfehlung genommen?

Robert.

Das wohl. Aber ich wußte damals nicht, was
ich itzt weis. - Nehmen Sie mir nicht übel;
Betty ist ein ehrliches Mägdchen.

Lady Hopeleß.

Mein Herr, was meynen Sie darmit? Erklären Sie Sich.

Robert.

Lady, ich möchte nicht gern unangenehme
Dinge sagen. - - Mir ist leid dafür: aber ich
brauche nothwendig Ihr Zimmer noch heute; und
ich habe für Sie kein anderes frey. Sie werden
Sich müssen gefallen lassen, Platz zu räumen.

La-

Lady Hopeleß.

Sehr artig! Womit hab ich diese Begegnung verdienet? Sie wissen, daß ich morgen von hier gehe: und die letzte Nacht wollen Sie mir Ihre Wohnung versagen? - - Unfreundlicher Mann! sind Sie für Ihre Bezahlung besorgt?

Robert.

Sie irren Sich, Lady! das ist mein letzter Gedanke. - Ich verlange kein Geld: vielmehr will ich Ihnen was bringen. - - Das müssen Sie hier auf dem Tische vergessen haben. Ich nahm es zu mir, weil hier der Eingang für Jedermann frey ist. Aber eine Rolle Gold und solche Papiere sind wahrlich kein Lumpending, das man hinwerfen soll, wenn es auch immer so leicht gewonnen wird.

Lady Hopeleß.

Keine Anzüglichkeiten, Herr Wirth, wenn ich bitten darf. Das Geld ist nicht mein. Es hat es ein ehrlicher Mann hier gelassen. Fragen Sie nach einem Quäker, der Manlove heißt; und dem können Sie es zurückgeben.

Robert.

Manlove! der wird hier im Kaffeehause zu finden seyn.

Lady Hopeleß.

Gut, gehen Sie hin. Aber sagen Sie zuvor, was Ihre Forderung ist. Wenn ich auch nicht Ueberfluß habe, so kann ich Sie dennoch befriedigen.

H 5   Ro-

Robert.

Sie haben es verstanden. Ich nehme keine Bezahlung von Ihnen, wenn Sie nur gehen. Aber in meinem Hause, verzeihen Sie mir, möcht' ich Sie um all das Gold nicht behalten.

Lády Hopeleß.

Ich beschwöre Sie, um des Himmels willen: lassen Sie mich doch die Ursache wissen. Ich seh es an all Ihren Mienen, daß sie kränkend für mich ist. Was es auch sey, verheelen Sie mir es nicht. Ich habe wohl Unglück genug erfahren, um auf alles gefaßt zu seyn.

Robert.

Je nun, wenn ich es sagen muß : - ich weis wohl, daß wir alle gebrechliche Menschen sind; - und junge Wittwen sind auch Menschen. Aber es gäbe ja Mannspersonen genug, mit denen eine honnete Bekanntschaft erlaubt wäre. Muß man just einer andern ehrlichen Frau ihren Mann wegkapern wollen? Das ist nicht schön, meine Lády; das hätten Sie sollen bleiben lassen.

Lády Hopeleß.

Wie! was denken Sie von mir? Das hat man Ihnen gesaget? - - Gerechter Gott! willst du mich noch ein Spiel der Verleumdung und Bosheit werden lassen? - - Herr Robert, man hat Sie betrogen. Ich habe mir nichts vorzuwerfen. - Aber weil Sie es wollen, will ich heute noch gehen. - Wohin - das weis der Himmel! Er wird mei=

meine Schritte leiten. - - Eines muß ich Sie bitten, Herr Wirth: bringen Sie mir meine Rechnung, ich will Sie bezahlen. - Für die Sorgfalt, die Sie mir in Ihrem Hause erzeiget haben, bleib ich Ihnen Dank schuldig. - Vielleicht kömmt noch eine Zeit, wo ich Sie überzeugen kann, daß Sie Sich nicht schämen dörfen, mich bewirthet zu haben.

Robert. (vor sich.)

Wahrhaftig, die Verstellung wäre zu weit getrieben, wenn sie nicht unschuldig wäre. (zur Lädy.) Lädy, vergeben Sie meine Uebereilung, - - -

Lädy Hopeleß.

Entschuldigen Sie Sich nicht. Ihre Handlung ist rühmlich: Sie haben gezeiget, daß Sie ein Mann von Ehre sind.

Robert.

Ihre eigene Sicherheit hat mich bewogen, so schnell auf ihre Entfernung zu dringen. Sie laufen Gefahr - - -

VI. Auftritt.
Die Vorigen. Lädy Guthart.
Lädy Guthart. (vor sich.)

Ha! das ist die Schlange! Nun entkömmt sie mir nicht. - Wie ich sie fangen will! - Aber ich muß Gelassenheit annehmen; sonst verfehl ich das Ziel.

Ro-

Robert.

Wen suchen Sie da, meine Dame?

Lady Guthart. (neiget sich gegen Lady Hopeleß.)

Verzeihen Sie meine Freyheit. Ich habe Niemand gefunden, der mich gemeldet hätte. Und nach der Weisung, die man mir unten gegeben hat, hoffe ich das Glück zu haben, Lady Hopeleß hier kennen zu lernen.

Lady Hopeleß.

Ich muß mich glücklich schätzen, obschon unbekannt, mit einem Besuche von Ihnen beehret zu werden. - - Einen Sessel, Herr Wirth! - Thun Sie nun, wie ich gesagt habe. Machen Sie meine Rechnung, damit ich nicht aufgehalten bin.

Robert.

Madame, ich bitte Sie, - - -

Lady Hopeleß.

Nicht weiter. - Mein Entschluß ist gefaßt: es läßt sich nicht abändern.

Robert.

Sie haben zu befehlen. (Er geht.)

VII. Auftritt.

Lady Guthart. Lady Hopeleß.

Lady Guthart.

(immer mit einer gezwungnen Verstellung.)

Darf ich so frey seyn zu fragen, ob Sie vielleicht eine Reise im Vorschlage haben?

Lá-

Lady Hopeleß.

Ja, meine Lady: nach einer Stunde hätten Sie mich nicht mehr angetroffen.

Lady Guthart. (vor sich.)

Gut, meine Vermuthung ist richtig : sie haben entfliehen wollen. Mit List oder Gewalt will ich es verhindern.

Lady Hopeleß.

Darf ich mir ausbitten zu wissen, wen ich vor mir habe; oder was ich zu Ihren Befehlen vermag.

Lady Guthart.

Sie kennen mich nicht; aber mein Name wird Ihnen bekannt seyn. - Ich bin ein unglückliches Weib: und wenn ich auf Ihre Großmuth nicht hoffte, so würd' ich es nie gewagt haben, vor Ihre Augen zu kommen.

Lady Hopeleß.

Ich nehme desto mehr Antheil an Ihrem Schicksale, weil ich auch erfahren habe, was Unglück ist. Möchten doch meine Umstände so bestellet seyn, daß ich Ihrem Vertrauen vollkommen entsprechen könnte! Aber mein Vermögen - - -

Lady Guthart.

Nein, Lady: mit Geld ist mir nicht zu helfen. Was mein Glück ausmachen würde, das kaufet man nicht. Sie allein können mirs geben. Ich bin die Frau eines Mannes, der Vorzüge hat : aber

eine

eine andere besitzet sein Herz. - - - Was will ich
verbergen? - Sie, Lady, Sie sind die Person, die
mich unglücklich macht. - Setzen Sie Sich nun
an meine Stelle, und sprechen Sie aus, was ich zu
hoffen habe.

Lady Hopeleß.

Ich erstaune über den Zufall. Lady! glauben
Sie mir: ich kam nicht hieher, um Erobrungen zu
machen. Meine Absicht war bloß, ein kleines Ver-
mächtniß zu empfangen, mit dem ich irgend in einem stillen Orte verborgen leben wollte. Ich habe
hier keine Bekanntschaften gemacht, und keine ge-
suchet. Vielweniger dacht' ich auf ein Herz An-
sprüche zu haben, daß nicht verschenkt werden kann.
Beruhigen Sie Sich: meine Entfernung wird
mehr thun, als alle Versicherungen, die Sie von
mir erwarten können.

Lady Guthart.

Sprechen wir aufrichtig, Lady. - Sie errathen mich schon vermuthlich: aber ich will mich
noch kennbarer machen. (Sie zieht ein Porträt heraus, und hält es der Lady vor.) Ich bin die
Frau dieses Mannes, den Sie geliebet haben. -
Eben hat er mir in einer Stunde des Vertrauens
und der Reue alles entdeckt, was zwischen ihm und
Ihnen ein Geheimniß war. Hier sehen Sie die
Ueberzeugung davon, die er in meinen Händen zu-
rückließ. Er wußte von Ihrer Abreise; er hat mir
gestanden, daß er entschlossen war, Ihnen nachzu-
setzen, und Sie zu entführen. - Ich bin so billig,

daß ich darüber kein Verständniß zwischen Ihnen
vermuthe. – Aber, Lady! verzeihen Sie die Besorgniß einer verachteten Frau, die alles befürchten
muß. Ich kenne die Schwachheit der Männer: –
ich kenne ißt die Stärke Ihrer Reizungen, seitdem
ich Sie gesehen habe. – Wie könnt' ich ruhig seyn,
solang die Möglichkeit eines Rückfalls bey meinem
Mann nicht gehoben ist! – Nur Sie können all
meine Hoffnung umstürzen, oder erfüllen. – Ja,
wenn Sie der Achtung würdig sind, die ich auf
Sie setze, so werden Sie den Vorschlag annehmen,
den ich Ihnen machen will.

Lady Hopeleß.

Sprechen Sie, Lady! Sie sollen Sich in Ihrer Meynung von mir nicht geirret haben.

Lady Guthart. (steht auf.)

Ein Wagen steht unten am Thore. Kommen
Sie diesen Augenblick mit mir. Ich will Sie auf
ein Landhaus bringen, das in der Nähe gelegen ist.
Vor Nacht kann ich wieder unbemerkt in der
Stadt seyn. Und morgen will ich Ihnen Postpfer-
de verschaffen, die Sie weiter führen sollen.

Lady Hopeleß. (Nach einigem Nachdenken.)

Ja, Lady! Wenn Sie das beruhigen kann,
so geh ich mit Vergnügen. – Nur einen Augenblick, um den Wirth zu befriedigen.

Lady Guthart.

Das nehm' ich auf mich. Auch Ihre Koffer
sol-

follen Ihnen nachgeschickt werden. - Hält Sie weiter was auf?

Lady Hopeleß.

Nichts. - - Ich folge der Leitung des Himmels, und Ihnen. (Sie wollen gehen. Guthart kömmt heraus, führt sie zurück, und stellt sich zwischen beyde.)

VIII. Auftritt.
Die Vorigen. Sir Guthart.
Sir Guthart.

Zurück! zurück! Bleiben Sie, Lucy!

Lady Hopeleß.

Lassen Sie mich. Keine Gewalt! ich will gehen.

Sir Guthart. (zu Hopeleß.)

Wo wollen Sie hin? (zu seiner Frau.) Was hast du vor, unbarmherziges Weib? Ich weis deine Anschläge; und sie sollen dir nicht gelingen.

Lady Guthart. (voll Wuth.)

Laß mich! Laß uns! bring mich nicht aufs äußerste, Ungeheur!

Lady Hopeleß.

Wer giebt Ihnen das Recht mich zu verfolgen?

Sir Guthart.

Ich verfolge Sie nicht, Lucy! aber ich komme, Ihre Verfolgung zu verhindern.

Lá=

Lady Guthart. (vor sich.)

Ich sterbe vor Wuth.

Sir Guthart. (zu Hopeleß.)

Sie kennen das böse Herz dieses Weibes nicht. Sie wollten mit ihr gehen. Wissen Sie, wohin man Sie bringen will? Ich danke es dem Himmel, daß er mich zu ihrer Rettung geschicket hat. (Unterdessen hat sich Lady Guthart an den Tisch geschlichen, und kömmt mit einer Pistole der Hopeleß entgegen. Ihr Mann wird es gewahr, und stellet sich vor die Wittwe.) Grausame! was willst du beginnen? - so wahr ich lebe, du sollst ihr kein Leid thun.

Lady Guthart. (drückt los.)

So stirb du, Verräther! (Sie läßt das Geschoß fallen.)

Sir Guthart. (fällt.)

Gott! - - Frau! - - Lucy! - - Verzeihung! - - Ich sterbe.

Lady Guthart.

Gerechter Himmel! was hab ich gethan?

Lady Hopeleß.

Guthart! - - todt! - todt! - - (zu Lady Guthart.) Ich danke dir, Frau, daß du ihn frey machst. Du hast die Arbeit des To-

des

des gethan: das Band zwischen dir und ihm
ist zerrissen. - Itzt kann er mein werden. -
Ich verberge dirs nicht mehr; du magst es wis=
sen, daß wir uns lange Zeit liebten. - - Nie
ist unsere Liebe strafbar gewesen: aber nun ist
sie erlaubet. - - - Ja, Guthart! in diese kal=
te Hand schwöre ich dir meine ewige Liebe. -
Nichts soll uns trennen. - - (zu Lady Guthart,
außer sich.) Hast du nicht wahrgenommen un=
ter diesem feyrlichen Schwure, daß er mir zu=
gelächelt hat? - Was will er? Sieh! er richtet
sich auf, mit der tiefen tiefen Wunde im Herzen,
die du ihm gemacht hast. - Er will reden.
Seine blassen Lippen haben sich aufgethan. -
Verstehst du nicht die Sprache der Todten?
Ich will sie dir erklären. - - Wie er mir zu=
winkt! - - Ja, zu dir? - Ich verstehe dich,
Guthart! - - zu dir? - Ich komme. - (Un=
ter den letzten Worten hat sie sich Gutharten ge=
nähert; sie ergreift die andre Pistole, schießt sich
in die Brust, und fällt über Gutharten zusam=
men.)

Lady Guthart.

Lady! - Lady! - - Es ist geschehen!

Letzter Auftritt.
Lady Guthart. Manlove. Herisson.
Herisson. (läuft herbey.)

En voila deux coups. Voyons ce qu'jl
y a.

y a. - Was giebt es? - - Ah! hier ist Un=
glück geschehen.

Manlove.

Was seh ich? Unglückliches Paar! - Gut=
hart erblasset! und Lucy bey ihm! - Ich er=
starre. - Wer hat diese Unthat begangen?

Lady Guthart.

Ich, ich hab sie begangen; aber nur halb.
Des Mannes Mörderinn bin ich! - Sehet
ihr nicht, wie aus seiner Wunde das Blut
strömt, wann ich ihm nah komme? - - Wa=
rum hatt' ich das Herz nicht ihm zu folgen,
wie das Weib, das nicht leben wollte nach
ihm?

Herisson.

O la furie! Mich schauert an dem entsetz=
lichen Anblick.

Manlove.

Gott! Gott! mußt' ich einen andern Welt=
theil besuchen, um ein Augenzeuge von so un=
menschlichen Thaten zu seyn? - - Das sind
die Früchte der unerlaubten Liebe, die man
aus sträflicher Empfindeley nicht unterdrücken
will. - - Guthart! - Mein Freund! was hab
ich verloren an dir? Alles, alles, was mich
in Europa zurückhielt. - Ich gehe. - (Zu Lá=

dy

dy Guthart.] Du, unglückliche Mörderinn meines Freundes! - aber auch, seine Frau! - komm: ich will an dir thun, was ich ihm schuldig bin. Ich will dich den Händen der Gerechtigkeit, wenn es seyn kann, entreißen. Besinn dich nicht: komm mit mir nach Amerika.

Lady Guthart.

Nein, Manlove; ich muß bleiben, und den Lohn meiner Thaten erwarten. Glauben Sie wohl, das Andenken meines Verbrechens, die blasse Gestalt eines ermordeten Manns würde mich nicht auch über Meere verfolgen?

Herisson.

Was geschehen ist, das ist geschehen. Ihr Tod machet Ihren Mann nicht lebendig. Schlagen Sie die Rettung nicht aus, die man Ihnen anbeut. Reisen Sie, Madame! - Auch ich reise von hier: ich will gern in mein Vaterland zurückkehren, wo die Liebe ein scherzendes Kind, und nicht ein Tyrann ist.

Lady Guthart.

Lasset, lasset mich hier diesen Leichnam umfassen, und in seiner Wunde den Tod suchen, den

den ich ihm gegeben. – Aber auch da bin ich
verdrängt von einer Nebenbuhlerinn, die mir
den Weg zu seinem Herzen verwehrt. – O wie
beneid ich dich noch um deine Liebe, – um den
Platz, den du hier einnimmst an seiner erkalteten
Seite, – großmüthiges Opfer deiner Zärtlichkeit! – – Daß ich ein Mordgewehr hätte, um diese Gruppe von Unglücklichen voll zu machen! –
(Außer sich.) – Umsonst! ich kann den Faden des
Lebens nicht abreißen, der mich zurückhält; – kann
nicht hinabstürzen in die Abgründe des Todes, die
ich ringsher um mich sehe! – – – Laßt mich nach-
schleichen diesem stillen Trauerzuge, der hier vorbeygeht! – Dort ist ein Grab geöffnet! – Man
decket den Sarg ab! – Zwo Leichen – was seh ich? –
Guthart und seine Gefährtinn im Tode, – fest
aneinander geschlungen, – jedes die Hand auf
dem Herzen des andern! – Haltet, werfet die Gru-
be nicht zu; – ich muß auch hinunter! – Wo bin
ich? – Meine Hand ist voll Blut! – alles
Blut, wo ich hintrete! – Kann ich nicht ausweichen? – – Schon wieder vor mir? – und
hier wieder – Guthart und sie? – – Zurück,
ihr grausamen Geister! – – Ha! ihr erschrecket
mich nicht mit euern grimmigen Augen. – Wenn
ihr schaden könnet, so nehmt mir das Leben! – Könnet ihr das nicht, unmächtige
Schatten? Bin ich stärker als ihr? (Sie
greift mit beyden Händen aus.) Wartet! – –
Wo seyd ihr? – – Ich will euch fassen: – –

wie-

wieder verſchwinden? (Sie kömmt an Gut=
harts Leichnam, und wirft ſich vor ihm hin.)
Guthart! Nun entgehſt du mir nicht. – – An
dich will ich mich ſchließen, – – und ſterben.
(Sie ſinkt zuſammen. Der Vorhang fällt.)

Ende des Trauerſpiels.

Der

❦❧❦❧❦❧❦❧❦❧❦❧❦❧❦❧❦❧

Der Quäker aus Amerika,
ein Lustspiel.

— Si quid ego adfuero, curamve levaſſo,
Quæ nunc te coquit & verſat ſub pectore fixa,
Ecquid erit pretii? — *Enn. apud Tullium.*

(Alles bleibt unverändert, wie im Trauerſpiele, bis
in dem fünften Aufzug zum)

VIII. Auftritt.

Lady Hopeleß. Lady Guthart. Sir Guthart.
(Der bey der Scene herausſtürzt.)

Sir Guthart.

Zurück, zurück! Bleiben Sie, Lucy!

Lady Hopeleß.

Laſſen Sie mich. Keine Gewalt! Ich will
gehen.

Sir Guthart. (zu Hopeleß.)

Wo wollen Sie hin? (zu ſeiner Frau.)
Was haſt vor, unbarmherziges Weib? Ich weis
deine Anſchläge, und ſie ſollen dir nicht gelingen.

Lady Guthart. (voll Wuth.)

Laß mich! Laß uns! Bring mich nicht aufs
äußerſte, Ungeheuer!

Lá

Lády Hopoleß. (zu Sir Guthart.)

Wer giebt Ihnen das Recht, mich zu verfolgen ?

Sir Guthart.

Ich verfolge Sie nicht, Lucy; aber ich komme Ihre Verfolgung zu verhindern.

Lády Guthart. (vor sich.)

Ich sterbe vor Wuth.

Sir Guthart.

Sie kennen das böse Herz dieses Weibes nicht. Sie wollten mit ihr gehen. Wissen Sie, wohin man Sie bringen will? Ich dank' es dem Himmel, der mich zu Ihrer Rettung geschicket hat. (Unterdessen hat sich Lády Guthhrt an den Tisch geschlichen, und kömmt mit einer Pistole der Hopeleß entgegen. Ihr Mann wird es gewahr, und stellet sich vor die Wittwe.) Grausame! was willst du beginnen? – So wahr ich lebe, du sollst ihr kein Leid thun.

Lády Hopeleß.

Zurück! (Sie drängt ihn auf die Seite, und geht mit Entschlossenheit auf die bewaffnete Lády los.) Halten Sie ein; oder lassen Sie ganz Ihren Zorn auf eine Unglückliche fallen, von der Sie Sich beleidiget glauben: aber wissen Sie, daß ich keine Verbrecherinn bin. – – Ein Zufall, der mich nach Londen zurückführte, hat mich an Ihrem Mann einen Bekannten wieder finden lassen, der mich vor mehrern Jahren seiner Freundschaft und seines Mit-

Mitleids würdig hielt. Nie ist unsre Bekanntschaft
strafbar gewesen; aber nun wäre sie es, wenn Ihre
häusliche Ruhe dadurch gestört werden könnte.
Räumen Sie mit mir das Hinderniß auf die Seite,
das Ihnen im Wege steht. Ich gebe mich freywil-
lig in Ihre Hände. Nehmen Sie mir das Leben,
die Freyheit; ich beklage mich nicht: aber lassen Sie zugleich alten entehrenden Argwohn ver-
schwinden; lassen Sie mich das Bewußtseyn der
Unschuld, und wenn ich Sie bitten darf, Ihre
Hochachtung mit mir aus der Welt bringen.

Lady Guthart.

Frau, was soll ich halten von Ihrem Betragen? Wenn mich Ihr Mund, Ihre Miene
betriegt, so sind Sie das fälscheste verwerflich-
ste Geschöpf unter der Sonne.

Lady Hopeleß.

Gott weis: das bin ich nicht.

Lady Guthart.

O daß Sie michs überzeugen könnten!

Lady Hopeleß.

Was für Beweise können Sie befriedigen?
Fodern Sie, und ich schlage nichts aus. - -
Sie wollten mich weiter bringen: hier bin ich
Ihnen zu folgen, und Niemand soll mich zurückhalten. Kommen Sie, Lady! Ihre Begleitung
wird mich schützen vor dem frevelhaften Vorhaben, wodurch Ihr Mann Sie und mich beleidigen

woll-

wollte, und wofür er bey Ihnen durch seine Rück=
kehr und Reue genuggethan hat.

Sir Guthart.

Was für Räthsel sprechen Sie da?

Lady Hopeleß.

Die Sie selbst am Besten sich auflösen kön=
nen.

Sir Guthart.

Ich will des Tods werden, wenn ich ein Wort
verstehe.

Lady Hopoleß.

Guthart! bin ich Ihnen so verächtlich gewor=
den, daß Sie Ihr Spiel mit mir treiben? Ich fo=
dre kein Geständniß von Ihnen; aber wissen
hätten Sie mögen, daß die unglückliche Ho=
peleß, die Sie entführen wollten, eher ihr Le=
ben als ihre Ehre verlieren kann.

Sir Guthart.

Ich Sie entführen? Ich Ihre Ehre ver=
letzen? Abscheuliche Verleumdung! Gott ver=
damme den Lügner. . . .

Lady Hopeleß.

Hören Sie auf sich zu verstellen; oder lassen
Sie Sich hier (auf Lady Guthart weisend.) die
Aufklärung geben.

Lá=

Lady Guthart.

Kann ich es? Weis ich selbst, was ich denken oder sagen soll? – Lady! verheelen will
ich es nicht: boshafte Zungen, Mistrauen,
Uebereilung vieleicht, ließen mich Dinge sehen, die ich für möglich, für wirklich hielt. – –
Ihre Abreise, sein Abschied, das Bildniß, alles traf zusammen, meine Vermuthung zu be-
stätigen. – – Wolle Gott, daß ich geirrt habe! um unser aller wegen will ich es wünschen.
Aber sagen Sie mir . . . Wer kömmt uns
zu stören? (Sie erblickt Manloven, und eilt ihm
entgegen.)

Letzter Auftritt.

Die Vorigen. Manlove.

Lady Guthart. (fährt fort.)

Manlove! rechtschaffener Mann! reißen
Sie mich aus einer Verlegenheit, woraus ich
mir selber nicht helfen kan. Sie kennen die
Lady, und hier Ihren Freund: hab ich Ursache
beyde zu hassen? bin ich beschimpfet, betrogen? – Sagen Sie mir ohne Ausflucht, mit
ja und nein, wie Sie gewohnt sind: ist diese
Frau ein Muster der Tugend, oder der Bosheit?

Manlove.

Der Weiber gewöhnliches Loos ist ein gutes

ter Antheil von beyden: aber hier will ich zu
sehen, ob eine Ausnahme gilt. (zu Lady Guthart.) Laß mich an ihr die Probe machen.
(zu Hopeleß.) Frau, du hast mir das Geld
und die Papiere zurückgeschickt, die ich dir
aus guten Absichten schenken wollte. Nun -
es sey Stolz oder Tugend, so behalt ich es
wieder: aufdringen will ich dir nichts. Aber
noch einen Vorschlag hab ich dir zu machen,
wenn du ihn anhören magst. - - Sieh, was
hier deine Gegenwart auch ohn dein Verschul-
den für Verwirrung gestiftet hat. Deine Entfernung ist nothwendig, und du hast mir verheißen, diese Stadt zu verlassen.

Lady Hopeleß.

Heute noch bin ich Wort zu halten bereit.
Eben war ich im Begriffe, dieser Lady, die
mich fortbringen will, mich in die Arme zu werfen. Jeder Ort, jeder Aufenthalt ist gut für
eine Verlaßne, die nichts zu suchen, nichts zu
verlieren hat.

Manlove.

Mit dieser Frau sollst du nicht reisen. - Aber
darf ich einen Wohnort wählen für dich?

Lady Hopeleß.

Mein Herr! - - Ihre Ehrlichkeit, - -
Ihre Sorgfalt für mich, ... mein gänzliches
Zutrauen. . . .

Man.

Manlove.

Laß die Umschweife bey Seiten, - Bey Ja
aber nein!

Lády Hopeleß.

Sie wollen es? - - Wählen Sie. - Ja!

Manlove.

Komm mit mir nach Amerika.

Lády Hopeleß.

Wie soll ich das verstehen? - Mit Ihnen -
ich? - nach Amerika?

Manlove.

Die Reise ist weit. Ich weis, was du sagen
willst: du trauest wohl meinem Geschlechte nicht
mehr, als ich dem deinigen. - Nun eines
folgt aus dem andern. Kannst du dich entschließen meine Hand anzunehmen, so will ich
wagen mit dir, was ich noch mit keiner hätte
wagen mögen.

Lády Hopeleß.

Dieser Antrag - von Ihnen - ist so schnell, -
so sonderbar. . . .

Manlove.

Aber nicht unüberlegt. Seit diesem Morgen
hab ichs bedacht, für mich und dich, und habs
gut befunden.

K   Lá

Lady Guthart.

O Manlove! der Himmel hat Ihnen diesen Entschluß eingegeben. - Lady! wenn Sie den Rath eines Weibs nicht verachten, so stoßen Sie doch das seltene Glück nicht von sich, einen vortrefflichen Mann zu erhalten.

Sir Guthart. (ergreift ihre Hand.)

Ja Lucy! die Freundschaft soll ihre Rechte behaupten. Widersetzen Sie Sich diesem Winke der Vorsehung nicht. Lassen Sie mich Ihre Hand, die ich keinem andern gönnte, in die Hand meines besten Freundes legen: er allein ist Ihrer würdig.

Lady Hopeleß.

O Ihr guten Leute! was wollet Ihr machen aus mir? Alle zusammen gestimmt! Dank für die Sorgfalt! Wenn dann mein Wille der eurige werden muß, so sey es : (Sie giebt Manloven die Hand.) ich reise nach Amerika.

Manlove.

Gott! gieb uns deinen Segen!

Sir Guthart.

Ich bin zum neuen Leben erwacht. Gute Lady! Besorgniß und Theilnehmung an Ihrem Schicksal ist es gewesen, was bisher meine ne Ruhe geſtört hat; nun iſt ſie wiedergekehrt, da ich Sie glücklich weis.

Lady Guthart.

Wie bin ich beſchämt, wenn ich zurückdenke! Lady, Verzeihung, daß ich Sie verkannt habe. O wüßten Sie nun, was in mir vorbeygeht! Ich bin gekommen mit einem Herzen voll Haß, mich an Ihnen zu rächen: - nun - (Sie umarmet Lady Hopeleß.) dieß ſey meine Rache, (gegen ihren Mann, den ſie umarmet,) und das! - - Mann! nie will ich wieder der Eiferſucht Plaß geben: Mistrauen zeuget Verbrecher. Laß uns alles vergeſſen, was geſchehen iſt.

Sir Guthart.

Glücklicher Tag! Frau, ich geſtehe mein Unrecht: dein Herz iſt beſſer, als ich gewußt habe. Vergieb mir die Kränkungen, die du um meinetwillen gelitten. Kein andrer Gedanke ſoll mich wieder beſchäfftigen, als dich glücklich zu machen.

Lady Guthart.

Und Sie, großmüthiger Mann! reiſen dörfen Sie nicht. Sie müſſen in unſerm Hauſe ein Zeuge der Glückſeligkeit bleiben, die Sie geſtiftet haben.

Man-

Manlove.

Mein Schluß ist gefaßt. Der Krieg, den
ich verabscheue, hat mich aus meinem Vater-
lande hieher getrieben: nun kehret der Friede
zurück, und wir reisen nach Amerika. Segen
und Heil soll euch zurückbleiben: ich nehme mit
mir eure Freundschaft, – und ein gut Weib.

ENDE.